W0290373

10|18

12, avenue d'Italie — Paris XIIIe

Du même auteur
dans la collection 10/18

Le fil du rasoir, n° 1399
La comédienne, n° 1474
Catalina, n° 1546
Il suffit d'une nuit, n° 1547
La passe dangereuse, n° 1697
L'envoûté, n° 1707
Le fugitif, n° 2049
La ronde de l'amour, n° 2050
Le sortilège malais, n° 2610
Amours singulières, n° 2659
L'archipel aux sirènes, n° 2714

VACANCES DE NOËL

PAR

SOMERSET MAUGHAM

Traduit de l'anglais
par E.R. BLANCHET

1018

« Domaine étranger »
dirigé par Jean-Claude Zylberstein

Si vous désirez être régulièrement tenu au courant
de nos publications, écrivez-nous :
Éditions 10/18
12, avenue d'Italie
75627 Paris Cedex 13

Titre original :
Christmas Holiday

© The Royal Literary Fund
© Union générale d'Éditions, 1996 pour la présente édition
ISBN 978-2-264-02435-0

I

La mère de Charley Mason aurait voulu le voir prendre un solide petit déjeuner, mais la fièvre du voyage coupait l'appétit du jeune homme. C'était la veille de Noël et il partait pour Paris. Le coup de feu du terme était passé. Libéré du bureau, son père put le conduire à la gare de Victoria. Un embarras de voitures les retint plusieurs minutes à Grosvenor Gardens et, à l'idée de manquer le train, Charley pâlit. Son père se moqua de lui.

— Tu as encore près d'une demi-heure.

Il n'en fut pas moins heureux d'arriver.

— Eh bien ! au revoir, mon garçon, amuse-toi bien et pas d'histoires, hein !

Le bateau entra par l'arrière dans le port et la vue des hautes casernes grises et sales de Calais ravit Charley. Il arpentait le quai d'un pas vainqueur. Un vent aigre soufflait. Puissante et somptueuse, la *Flèche d'Or* n'était pas un train ordinaire, mais le symbole de l'aventure. Jusqu'à la tombée de la nuit, il regarda par la fenêtre, heureux de voir défiler des sites consacrés par les peintres : dunes de sable rayées d'herbe grise sous le ciel de plomb, fouillis de masures aux toits d'ardoise, puis une étendue désolée de labours avec, çà et là, un arbre dénudé. Mais le jour paraissait pressé de quitter ce paysage morne. Bientôt, Charley ne vit plus que son propre reflet et, au-delà, l'acajou poli du pullman. Il regretta l'avion. Sa mère l'avait empêché de le prendre. En plein hiver, le risque était trop grand, disait-elle, et son père, toujours accommodant, pourtant, ne lui aurait pas permis de partir. Charley avait déjà été à Paris, au moins douze fois, mais jamais seul. Une raison spéciale lui valait cette grande récompense. Après un stage d'un an dans le bureau paternel, il venait de passer les examens nécessaires dans sa profession. Il ne se souvenait pas d'avoir jamais fêté Noël ailleurs qu'à Godalming, chez ses cousins Terry-Mason, avec ses parents et sa sœur Patsy. Pour expliquer comment Leslie Mason, d'accord avec sa femme, avait un soir proposé en souriant à son fils de passer quelques jours seul à Paris, il faut nous reporter un peu en arrière, en fait jusqu'au milieu du XIXe siècle.

Intelligent et travailleur, Sibert Mason avait été jardinier chef dans une grande propriété du Sussex. Il avait épousé la cuisinière ; et tous deux, mettant en commun leurs économies, avaient acheté quelques arpents au nord de Londres pour y faire de la culture maraîchère. Sibert avait alors quarante ans, sa femme n'était guère plus jeune. Ils n'en eurent pas moins huit enfants. Leurs affaires prospérèrent. La ville s'étendit. Avec de l'argent avancé par une banque, Sibert construisit une rangée de villas qui furent bientôt toutes louées. Il serait fastidieux d'entrer dans les détails de son ascension, mais quand il mourut, à quatre-vingt-quatre ans, le terrain destiné à cultiver des légumes pour Covent Garden et les parcelles acquises au hasard des occasions étaient couverts de briques et de mortier. Sibert Mason fit donner à ses enfants l'éducation dont il avait été privé, pour leur permettre de s'élever dans l'échelle sociale. Il transforma le domaine Mason, comme il l'avait pompeusement baptisé, en société anonyme. A sa mort, les enfants se partagèrent les actions. Le domaine fut sagement administré. Son importance ne pouvait se comparer à celle du Westminster ou du Portman, car le quartier n'avait rien d'élégant, mais des boutiques, des entrepôts, des usines, des rues misérables de maisonnettes à deux étages assuraient aux propriétaires un rendement suffisant pour leur permettre de faire bonne figure dans le monde. Le chef de famille, seul enfant vivant du fils aîné du vieux Sibert — son frère avait été tué à la guerre et sa sœur dans un accident de chasse — était très riche. Membre du Parlement, il avait été créé baronnet par le roi George V à l'occasion du Jubilé. Il avait ajouté le nom de sa femme au sien et se faisait appeler sir Wilfrid Terry-Mason. Grâce à son attachement au parti tory et à la fidélité de ses électeurs, la famille espérait le voir élever à la pairie.

Leslie Mason, le plus jeune des nombreux petits-enfants de Sibert, avait passé par un grand collège et par Cambridge. Sa part lui rapportait deux mille livres sterling par an, mais il en touchait mille de plus, comme administrateur du domaine. La famille se réunissait rarement au complet. Certains membres de cette troisième génération servaient leur pays au loin, et d'autres, mondains désœuvrés, se trouvaient souvent à l'étranger. Sir Wilfrid présidait et présentait les brillants résultats contrôlés par des experts-comptables.

Au début de la cinquantaine, Leslie demeurait bel homme. Avec sa prestance, son teint coloré qui mettait en valeur ses yeux bleus, sa chevelure grise encore drue, il ressemblait plus à un soldat ou à un gouverneur colonial en congé qu'à un agent immobilier. On n'eût jamais deviné que son grand-père avait été jardinier et sa grand-mère cuisinière. Il jouait bien au golf — le temps ne lui manquait pas pour s'exercer — et il était bon tireur. Leslie n'était pas seulement sportsman ; il protégeait les arts. Le reste de la famille ignorait ces faiblesses et considérait les goûts de Leslie avec une indulgence amusée, mais, l'un d'eux cherchait-il un meuble ou un tableau, il venait lui demander conseil. La femme de Leslie était la fille d'un peintre, John Peron, qui avait appartenu à la Royal Academy. Entre 1880 et 1900, il s'était assuré de bonnes rentes en peignant des jeunes femmes du XVIIIe, marivaudant avec des jeunes gens. Il les situait dans des jardins à l'ancienne, sous des arceaux de verdure ou dans des salons de l'époque. A présent, quand ses tableaux échouaient à la salle des ventes, ils ne faisaient pas plus de trente shillings ou de deux livres. Venetia en avait reçu une quantité à la mort de son père, mais ils étaient au grenier, couverts de poussière et retournés contre le mur. L'affection filiale elle-même ne pouvait l'empêcher de les trouver affreux.

Mais la peinture n'était pas seule à intéresser les Mason. L'hiver, ils suivaient les concerts symphoniques. Aucun engagement mondain ne les empêchait d'aller entendre leurs chefs d'orchestre favoris. Une fois par an, ils écoutaient le *Ring*. La musique leur procurait une jouissance véritable. Ils assistaient à toutes les premières et faisaient partie de sociétés où l'on jouait des pièces dites d'avant-garde. Peu de livres à succès leur échappaient. Au plaisir qu'ils avaient à les lire s'ajoutait celui de se tenir au courant de l'actualité littéraire. Il eût été injuste de leur reprocher leur manque de hardiesse et d'originalité. Leurs jugements, peut-être conventionnels, s'inspiraient de la plus haute culture de l'époque. Incapables de faire une découverte, ils se hâtaient de rendre hommage à celles des autres.

Leurs amis étaient de braves gens à l'aise sans être très riches, tout occupés des choses de l'esprit. Les grands dîners ne les amusaient guère ; ils n'en donnaient pas souvent et ne les acceptaient que par politesse, mais ils recevaient volontiers leurs amis en veston, le dimanche soir. On trouvait chez eux de la bonne musique, une conversation intelligente et des partenaires de bridge supportables. Ces réunions reflétaient le parfait naturel des Mason, leur absence de toute prétention. Pas d'invité qui n'eût sa voiture et, en général, ses cinq mille livres de rente. Mais ils se donnaient tous l'illusion de vivre en pleine bohème.

Jamais Leslie n'était aussi heureux que les soirs où il ne devait assister ni à un concert ni à une répétition générale ; il pouvait rester en famille. Autrefois jolie, sa femme demeurait agréable, avec ses yeux très bleus, son front large encadré de cheveux bruns à peine striés de gris, son expression de franchise adoucie d'un sourire timide. Moins grande — elle avait presque la taille de son mari —, elle eût paru forte. Un régime strict maintenait sa ligne. Elle s'habillait à Paris, chez une petite couturière « épatante », sans rien perdre de son air anglais. Sur elle, tout prenait l'aspect national. Parfois, elle poussait l'extravagance jusqu'à commander un chapeau chez Reboux, mais, sur sa tête, il semblait sortir des grands magasins Army and Navy. Elle paraissait toujours ce qu'elle était : une bonne bourgeoise aisée. Elle avait aimé son mari au moment de son mariage, et elle l'aimait encore. Avec des goûts aussi semblables, comment ne pas s'entendre ? Au début de leur vie commune, ils avaient décidé que Leslie en savait plus long en musique et Venetia en peinture. Sur ces sujets, chacun s'inclinait devant le jugement de l'autre. Par exemple, à propos du dernier Picasso, Leslie disait :

— Il m'a fallu, je l'avoue, un certain temps pour le comprendre, mais Venetia n'a pas hésité. Avec son flair habituel, elle a eu le coup de foudre.

Et Mason reconnaissait qu'elle avait dû entendre trois ou quatre fois la seconde symphonie de Sibelius avant de voir pourquoi Leslie la comparait à du Beethoven.

— Mais il a un tel sentiment de la musique ! A côté de lui, je suis une mazette.

Leslie et Venetia n'étaient pas moins heureux dans leurs enfants. Ils en avaient deux, le nombre parfait, pensaient-ils : un enfant unique est souvent gâté, et trois ou quatre coûtent cher. Impossible alors de vivre à sa guise et de les bien élever. Ils avaient pris leurs devoirs de parents au sérieux. Au lieu de décorer la nursery avec de ridicules gravures enfantines, ils l'avaient ornée de reproductions de Van Gogh, Gauguin et Marie Laurencin. Les disques du gramophone avaient été choisis avec autant de soin. Aussi, avant d'être capables de se tenir sur une bicyclette, Charley et Patsy étaient-ils familiarisés avec Mozart, Haydn, Beethoven et Wagner. A peine sortis des langes, ils avaient commencé le piano avec de très bons professeurs, et Charley, surtout, se révéla doué. Les deux enfants se précipitaient le dimanche au concert et suivaient sur la partition. Pour trouver à se caser tout au haut de Covent Garden, ils attendaient des heures, car leurs parents, mesurant leur enthousiasme à leur sacrifice du confort, jugeaient inutile de leur offrir des fauteuils ou des places de loge. Les Mason n'appréciaient guère les vieux maîtres et allaient peu à la National Gallery, sauf si une nouvelle acquisition faisait du bruit dans les journaux, mais, pour révéler à leurs enfants les grands classiques, ils les y menaient régulièrement.

Mais ils ne pensaient pas seulement à l'éducation artistique de leurs rejetons. Ils les poussaient aussi vers les sports. Les enfants montaient bien à cheval, et Charley promettait de devenir un excellent fusil. Patsy travaillait à l'Académie royale de musique. Elle ferait son entrée dans le monde en mai et ses parents comptaient donner pour elle un bal au Claridge. Lady Terry-Mason la présenterait à la cour. Patsy, si jolie avec ses yeux bleus et ses cheveux blonds, sa taille fine, son sourire gracieux et son entrain, ne leur serait enlevée que trop tôt. Leslie souhaitait pour elle un avocat d'avenir, aux ambitions politiques. Avec sa culture, l'héritière du domaine Mason serait l'épouse rêvée d'un tel homme. Mais alors, c'en serait fini de la bonne vie de famille ! Plus de ces agréables soirées où ils dînaient tous les quatre dans leur élégante salle à manger avec ses Steer au-dessus des buffets Chippendale, la table étincelante de cristaux Waterford et d'argenterie ancienne, servis par des femmes de chambre stylées, en tablier coquet. Ils tenaient à leur cuisine simple, mais parfaite — la vraie cuisine anglaise —, et à leurs conversations sur l'art, la littérature et le théâtre, suivies d'un peu de musique et d'une partie de bridge. Venetia se reprochait son égoïsme, mais l'idée que Charley, au moins, ne se marierait pas avant quelques années la réconfortait.

Charley avait vingt-trois ans. Il était né pendant la guerre et, à la démobilisation, quand Leslie avait rejoint à Godalming le chef de la famille, déjà membre du Parlement, mais encore simple chevalier, sir Wilfrid lui avait parlé de le mettre à Eton. Leslie n'avait rien voulu entendre. Passe encore pour le sacrifice financier, mais il ne tenait pas à envoyer son fils dans un collège où il prendrait des goûts de luxe et des idées peu conformes à sa future situation.

— Moi, j'ai été à Rugby. Pourquoi n'en ferait-il pas autant ?

— Erreur, Leslie ! J'ai mis mes gamins à Eton. Grâce à Dieu, je ne suis pas snob, mais pas idiot non plus, et il n'y a pas de doute, c'est un atout dans la vie.

— Peut-être bien, mais nos cas sont différents. Tu es très riche, Wilfrid, et, sauf imprévu, tu dois finir à la Chambre des lords. Tu as eu tout à fait raison de donner à tes fils une éducation conforme à leur rang social, mais j'ai beau être administrateur du domaine Mason, et ça fait un certain effet, je ne suis, au fond, qu'un gérant d'immeubles, et je ne veux pas élever mon fils en grand seigneur. Il sera gérant comme moi.

Leslie déployait une innocente diplomatie. Par l'héritage du vieux Sibert et les circonstances déjà rapportées, sir Wilfrid possédait les trois huitièmes du domaine Mason. Cela lui assurait un revenu substantiel. Intelligent, énergique, sa situation et sa fortune lui donnaient une influence indiscutée sur sa famille, mais il ne lui déplaisait pas de la constater.

— Comment, tu te contenterais, pour ton fils, de ta position ?

— Elle me suffit. Pourquoi ne lui suffirait-elle pas ? On ne sait pas où nous allons et peut-être sera-t-il bien content, plus tard, de trouver ce fromage à mille livres par an. Mais, bien entendu, tu es le patron.

D'un geste modeste, sir Wilfrid protesta.

— Je suis un actionnaire comme vous tous, mais, en ce qui me concerne, je ne vois aucun inconvénient, si tu y tiens, à ce qu'il soit ton successeur. Évidemment, il coulera encore de l'eau sous les ponts d'ici là, et je serai peut-être mort.

— Dans la famille, on vit longtemps et tu tiendras le coup comme le vieux Sibert. En tout cas, il n'y a pas d'inconvénient à informer les autres que ma place reviendra à mon garçon.

Pour élargir l'esprit de leurs enfants, les Mason passaient leurs vacances à l'étranger, l'hiver dans des stations de ski et l'été sur des plages de la Riviera française. Une ou deux fois, dans cette louable intention, ils allèrent en Italie et en Hollande. Quand Charley sortit du collège, son père décida qu'avant Cambridge il irait passer six mois à Tours pour apprendre le français. Le résultat fut inattendu et aurait pu tourner au désastre : à son retour, il ne voulait plus aller à Cambridge, mais à Paris, pour se consacrer à la peinture. Ses parents furent consternés. L'art était tout pour eux. Selon Leslie, philosophe à ses heures, l'art seul donnait un sens à la vie. Il témoignait d'un grand respect pour ceux qui se vouaient à lui, mais un membre de sa famille — son propre fils — pouvait-il se lancer dans une carrière incertaine et, en général, peu lucrative ? Quant à Venetia, comment eût-elle oublié l'exemple de son père ? Charley avait pris trop au sérieux l'amour de ses parents pour l'art. Certes, ils étaient sincères, mais du point de vue du mécène. On a beau jouer les bohèmes, quand on a derrière soi le domaine Mason, richesse oblige. Leur réaction à la déclaration de Charley était très nette. Il s'agissait de la lui présenter sans avoir l'air de trahir leurs principes.

— Qui a pu lui fourrer cette idée dans la tête ? dit Leslie à sa femme.

— Ce serait une erreur, en tout cas, de ne rien vouloir entendre. Nous risquerions de le buter.

— C'est délicat, je ne le nie pas.

En revenant de Tours, Charley leur avait montré plusieurs toiles. Ils les avaient jugées en parents tendres plutôt qu'en connaisseurs. Comment se dédire à présent ?

— Emmène donc Charley au grenier et montre-lui les tableaux de ton père. N'aie pas l'air de le faire exprès surtout ! Et, à l'occasion, je lui parlerai.

L'occasion se présenta. Leslie se trouvait dans le petit salon des enfants. Les reproductions de Gauguin et de Van Gogh, autrefois dans la nursery, ornaient les murs. Charley peignait une gerbe de fleurs dans un vase vert.

— Nous devrions faire encadrer tes toiles de France et les mettre à la place de ces reproductions. Regardons-les encore.

L'une représentait trois pommes sur un plat bleu et blanc.

— C'est rudement bien, dit Leslie. Ces trois pommes sur un plat bleu et blanc, je les ai vues plus de cent fois et celles-là sont tout à fait dans une honnête moyenne. — Il rit. — Pauvre vieux Cézanne ! S'il savait combien de milliers de gens ont refait son tableau !

Une autre nature morte représentait une bouteille de vin rouge, un paquet bleu de caporal, une paire de gants blancs, un journal plié et un violon sur une table couverte d'un tapis à carreaux verts et blancs.

— Très bon. Plein de promesses.

— Vous le pensez vraiment, papa ?

— Tout à fait. Ce n'est pas très original, les marchands ont des toiles comme ça par douzaines dans leurs réserves, mais tu n'as jamais pris une leçon et c'est une étude très honorable. Je retrouve le talent de ton grand-père. Tu connais ses portraits, n'est-ce pas ?

— Je ne les avais pas vus depuis des années. Maman avait quelque chose à prendre au grenier et elle me les a montrés. Ils sont affreux.

— C'est mon avis. Mais, de son vivant, ils recueillaient tous les suffrages et ils se vendaient. Un tas de choses que nous admirons paraîtront tout aussi affreuses dans cinquante ans. C'est ce qui est terrible : en art, il n'y a pas de place pour la deuxième qualité. Il vaut mieux être un bon homme d'affaires qu'un peintre médiocre, mais l'important est que tu sois heureux. Souhaitons seulement que tu deviennes quelque chose de mieux que ton grand-père Peron.

Il y eut un silence. Leslie regarda tendrement son fils.

— Je ne te demande qu'une chose. Mon grand-père a débuté comme jardinier et sa femme était cuisinière. Je me souviens mal de lui, mais j'ai idée qu'il manquait de manières. Il faut, dit-on, trois générations pour faire un gentleman et, en tout cas, je ne mange pas les petits pois avec un couteau. Tu appartiens à la quatrième. Peut-être vas-tu me trouver snob, mais je n'aimerais pas te voir descendre. Va à Cambridge et passe ton diplôme. Après, si tu veux aller étudier la peinture à Paris, tu partiras avec ma bénédiction.

Cette offre parut très généreuse à Charley et il accepta avec reconnaissance. Cambridge lui plut. Il n'eut guère l'occasion de peindre, mais ses amis s'intéressaient au théâtre et, la première année, il écrivit deux pièces en un acte. Elles furent jouées à l'*A.D.C.* et sa famille vint à Cambridge pour la représentation. Puis il fit la connaissance d'un professeur, musicien distingué. Pour un étudiant, Charley était bon pianiste et ils jouaient à quatre mains. Il étudia l'harmonie et le contrepoint. Après avoir réfléchi, il décida de se consacrer à la musique. Son père y consentit de grand cœur, mais, quand Charley eut son diplôme, il l'emmena pêcher pendant quinze jours en Norvège. Deux ou trois jours avant leur retour, Venetia reçut un télégramme de Leslie contenant ce seul mot : *Eurêka.* Malgré leur culture, aucun d'eux ne connaissait le sens exact de ce mot ; il ne leur en paraissait pas moins clair, et c'était l'essentiel. Venetia poussa un soupir de soulagement. En septembre, Charley entra pour quatre mois chez les experts-comptables du domaine Mason pour y apprendre quelques éléments de comptabilité et, au Jour de l'An, il rejoignit son père à Lincoln's Inn Fields. C'était pour le récompenser de son zèle pendant cette première année d'affaires que son père l'envoyait à présent, avec vingt-cinq livres en poche, s'amuser à Paris.

II

Ils arrivaient. Les employés empilaient les bagages près de la porte pour pouvoir les tendre aux porteurs. Les femmes promenaient une dernière fois leur bâton de rouge sur leurs lèvres et remettaient leurs fourrures. Les hommes se battaient avec leurs gros pardessus et prenaient leurs chapeaux. Ce voisinage de quelques heures, la chaleur agréable du pullman avaient créé une sorte d'esprit de corps dans chaque compartiment ; mais, à présent, chacun reprenait son individualité. Dans l'air vicié par le tabac refroidi, les parfums violents, l'odeur humaine et la buée du chauffage, ils se regardèrent soudain avec des yeux absents. Chacun se sentait vaguement hostile à l'égard du voisin, et prêt à le bousculer dans le couloir pour sortir plus vite. La condensation avait terni les vitres. Charley les frotta avec sa main pour voir dehors. Il ne put rien distinguer.

Le train entra en gare. Charley donna sa valise à un porteur et s'éloigna à grands pas. Il fut désappointé de ne pas apercevoir tout de suite son ami Simon Fenimore, mais il y avait foule au contrôle des billets. Sans doute était-il là. Il scruta avec impatience les visages tendus, et franchit le tourniquet. Des personnes se faufilaient vers un arrivant, des femmes s'embrassaient. Pas de Simon. Convaincu de sa présence, Charley ralentit le pas, mais la hâte de son porteur l'obligea à le suivre dans la cour. Un sentiment d'abandon l'oppressa. Le porteur héla un taxi et Charley donna au chauffeur le nom de l'hôtel où Simon lui avait retenu une chambre. Quand les Mason venaient à Paris, ils descendaient depuis vingt ans dans un hôtel de la rue Saint-Honoré. La clientèle y était exclusivement anglaise et américaine, mais ils s'imaginaient encore avoir trouvé une maison bien française et quand ils voyaient des bagages américains dans le hall ou, dans l'ascenseur, des Anglais pur sang, ils n'en revenaient pas.

— Comment diable ont-ils échoué ici? disaient-ils.

Pour leur part, ils prenaient soin de ne pas en parler à leurs amis. Quand on a eu la chance de découvrir un coin de la vieille France, il ne s'agit pas de le gâter. Le directeur et le portier parlaient couramment anglais. Pourtant les Mason s'obstinaient à leur infliger leur mauvais français, comme s'ils n'eussent pas compris une autre langue. Le fait d'avoir si souvent habité cet hôtel en famille suffisait pour ôter à Charley l'envie d'y aller. Un respectable hôtel où, à en croire ses parents, ne descendait que la noblesse de province française, n'était pas le cadre rêvé pour les expériences glorieuses et passionnées dont, depuis un mois, son imagination se repaissait.

Aussi avait-il prié Simon de lui trouver une chambre au Quartier latin. Peu importaient le manque de confort et même la propreté douteuse, si l'ambiance y était. Simon l'avait logé près de la gare Montparnasse, dans une rue calme donnant sur la rue de Rennes et près de la rue Campagne-Première, où il habitait.

Charley surmonta vite son désappointement. Simon serait sûrement à l'hôtel, ou il aurait téléphoné.

En roulant dans les rues encombrées, entre la gare du Nord et la Seine, il retrouva sa bonne humeur. C'était merveilleux d'arriver à Paris la nuit. Une pluie fine ajoutait au mystère. Les boutiques étaient brillamment éclairées. Sur les trottoirs se pressaient des parapluies ruisselants où se reflétait faiblement la lumière des réverbères. Charley se rappela un Renoir. Parfois, une rafale obligeait les femmes à se blottir sous les parapluies et enroulait leurs jupes autour de leurs jambes. Pour les prudentes habitudes anglaises, son chauffeur filait comme un fou et Charley sursauta quand, dans un bruit de ferraille, il freina brusquement pour éviter une collision. Les feux rouges les retinrent à un croisement et, dans les deux directions, un flot de gens surgit, comme une foule en fuite devant une charge de police. L'œil ravi de Charley les trouvait tout différents des Anglais, plus vifs, plus impatients. Si, par hasard, son regard tombait sur une jeune personne seule, quelque midinette ou une dactylo, il l'imaginait se hâtant vers son amant et, devant un couple serré sous un parapluie, jeune homme barbu au feutre à large bord, jeune fille avec une fourrure autour du cou, isolés par leur bonheur dans la foule, il vibrait à l'unisson. Au coin d'une rue, le taxi s'arrêta près d'une magnifique limousine. Une femme en manteau de vison, les joues et les lèvres peintes, y était assise. Son profil était d'une distinction souveraine. Elle aurait pu être la duchesse de Guermantes revenant après un thé à son hôtel du boulevard Saint-Germain. C'était bon d'avoir vingt-trois ans et d'être seul à Paris.

— Mon Dieu, ce que je vais m'amuser !

Il ne s'était pas attendu à un hôtel aussi cossu. Avec ses pâtisseries, la façade rappelait le style flamboyant du feu baron Haussmann. Une chambre avait été retenue pour lui, mais Simon n'avait laissé ni lettre, ni message. Il fut conduit à son étage, non par un garçon en savates et en tablier sale, l'air sinistre avec une barbe de trois jours, mais par un affable gérant, en jaquette, qui parlait un anglais parfait. La chambre, meublée avec une austérité hygiénique, contenait deux lits, « mais monsieur n'en paiera qu'un », assura-t-il. Avec fierté, il lui montra la salle de bains communicante. Une fois seul, Charley regarda autour de lui. Il s'était attendu à une chambrette aux lourds rideaux de reps sombre, avec un lit de bois couvert d'une énorme couette et une vieille commode d'acajou surmontée d'une glace, des épingles traînant sur la coiffeuse et, dans le tiroir de la table de nuit, un vieux bâton de rouge et un peigne ébréché, plein de cheveux. Une salle de bains ! Il n'en revenait pas. Cette chambre n'aurait pas détonné dans un des hôtels suisses les plus modestes où descendaient parfois ses parents. Elle était propre et banale. L'imagination ardente de Charley ne parvenait pas à lui donner du caractère. Déçu, il se mit à déballer ses affaires. Il prit un bain. Vraiment, Simon exagérait. Il aurait pu au moins lui écrire un mot. S'il ne donnait pas signe de vie, Charley en serait réduit à dîner seul. Son père, sa mère et Patsy devaient déjà être à Godalming. Une réunion joyeuse : les deux fils de sir Wilfrid avec leurs femmes et deux nièces de lady Terry-Mason. Il y aurait de la musique, des jeux et on danserait.

Il regrettait presque d'avoir sauté sur la proposition de son père. Peut-être Simon, absent pour quelque reportage, avait-il oublié de le prévenir. Son cœur se serra.

C'était surtout l'espoir de passer quelques jours avec Simon qui l'avait attiré à Paris. Ils avaient été ensemble au collège, à Rugby et à Cambridge, mais, convaincu de perdre son temps, Simon avait renoncé au diplôme après sa seconde année d'études. C'est au père de Charley qu'il devait sa place de correspondant parisien d'un journal de Londres. Fils d'un forestier des Indes, il était tout jeune quand ses parents avaient divorcé : sa mère, convaincue d'adultère, avait quitté l'Inde. Simon ignorait si elle était encore vivante. Confié à son père par le tribunal, il avait été mis en pension chez un pasteur en Angleterre jusqu'à son entrée au collège. Il avait douze ans quand son père était mort de la cirrhose du foie et il gardait le vague souvenir d'un homme étique, au visage ridé, aux lèvres minces. L'héritage avait suffi tout juste à payer l'éducation de Simon. Émus par la solitude du pauvre garçon, les Mason l'invitaient pendant presque toutes les vacances. Gamin, il avait été maigre et chétif, avec des yeux noirs, trop grands dans son visage terreux, des cheveux de jais, raides comme des baguettes, toujours en désordre, et une grande bouche sensuelle. Il était bavard, lecteur passionné et intelligent. Rien en lui ne rappelait la modestie charmante de Charley. Malgré son sentiment du devoir, Venetia ne parvenait pas à l'aimer. Elle ne s'expliquait pas l'amitié de Charley pour un camarade aussi impertinent et égoïste. Il trouvait tout naturel ce qu'on faisait pour lui. Elle le soupçonnait de n'avoir pas une très haute opinion d'elle ni de Leslie. Parfois, quand Leslie parlait, avec son bon sens habituel, d'un sujet intéressant, une lueur passait dans les yeux de braise de Simon et un pli sarcastique pinçait ses lèvres. On eût dit vraiment que Leslie était ennuyeux et bête. Au cours de leurs bonnes soirées au coin du feu, il prenait un air absent, son regard se perdait, comme si ses pensées l'eussent entraîné fort loin, ou il se plongeait dans un livre. Mais Venetia se gourmandait :

« Pauvre enfant ! Il n'a pas été élevé. Je serai bonne pour lui. Je l'aimerai. »

Son regard se posait sur Charley, si élégant, si svelte.

« C'est terrible ce qu'il grandit. Les manches de son smoking sont déjà trop courtes. »

Avec ses cheveux bruns bouclés, ses yeux bleus aux longs cils et son teint clair, peut-être n'avait-il pas le bagout de Simon, mais il était sensible et artiste. Comment aurait-il tourné si elle avait lâché Leslie, si Leslie s'était mis à boire et si, au lieu de vivre dans un milieu cultivé et agréable, il avait dû, comme Simon, faire sa vie lui-même ? Pauvre Simon ! Le lendemain, elle lui acheta une demi-douzaine de cravates. Il en parut content.

— Ça, c'est vraiment chic ! Je n'en ai jamais possédé plus de deux.

Tout émue de son geste, Venetia se sentit pleine d'une soudaine sympathie.

— Pauvre petit ! s'écria-t-elle. C'est affreux de ne pas avoir de parents.

— Comme ma mère était une garce et mon père un poivrot, je ne perds pas grand-chose.

A ce moment-là, il avait dix-sept ans.

Venetia continuait à le juger cynique et sans scrupules. L'admiration de Charley pour lui l'exaspérait. Charley le trouvait brillant et le croyait destiné à un grand avenir. Même Leslie s'extasiait devant sa culture et devant la clarté — rare à cet âge — de son esprit. Au collège, il donnait déjà dans le socialisme et, à Cambridge, il glissa au communisme. Leslie écoutait ses divagations avec une indulgence amusée. Pour lui, c'étaient des mots, et les mots, son instinct le lui disait, ne changent rien au sens réel de la vie.

« Et s'il devient un journaliste connu, ou s'il entre à la Chambre, ce ne sera pas mauvais d'avoir un ami chez l'ennemi. »

Le libéralisme de Leslie admettait certaines opinions socialistes. En principe, la nationalisation des mines de charbon ne le choquait pas. Pourquoi l'État ne gérerait-il pas les services publics aussi bien que les compagnies privées ?

Mais il ne fallait pas aller trop loin. Les rentes foncières, par exemple, ne devaient pas dépendre de l'État. Quant aux taudis, dans une grande ville, on ne pouvait pas les supprimer; le peuple les préférait aux maisons ouvrières modèles. Certes, la gérance du domaine Mason avait tenu compte de l'évolution sociale, mais un propriétaire ne peut pas héberger les gens pour rien et il est juste de retirer un revenu convenable de son capital.

Simon désirait être correspondant à l'étranger pendant quelques années pour s'initier à la politique continentale. Plus tard, à la Chambre des communes, il serait un des très rares travaillistes experts en cette matière. Mais quand Leslie alla le présenter à un propriétaire de journal, disposé à soutenir un jeune homme doué, il le prévint : le propriétaire était très riche et, pour produire une bonne impression, Simon ferait bien de mettre un peu d'eau dans son vin rouge. Cependant, il plut beaucoup au magnat par sa modestie, son air énergique, son élocution facile.

— Il a été parfait, raconta Leslie à sa femme. Il sait ce qu'il fait, ce petit-là ! Je te l'ai toujours dit : la parlote ne signifie rien. Comme tout homme raisonnable, quand il s'agit de décrocher une situation, il met ses théories dans sa poche.

Venetia l'approuva. Il était fort possible de pratiquer le culte de la beauté sans perdre le sens des réalités. Laurent de Médicis n'alliait-il pas le génie de la banque à la passion des arts ? Leslie était bien bon de s'être donné tant de mal pour ce petit ingrat. En tout cas, il allait partir pour Vienne et Charley échapperait à son influence. C'étaient ses tirades ridicules qui avaient poussé le gamin vers la carrière artistique. Pour Simon, ce déshérité, cet isolé, passe encore, mais le lit de

Charley était tout fait. Il y avait bien assez d'artistes. Par bonheur, la nature si droite de Charley ne se laisserait corrompre par aucune fréquentation.

Tout en s'habillant, Charley pensait avec inquiétude à sa soirée. Il enfila son pantalon et téléphona au journal de Simon. Ce fut lui qui répondit.

— Simon ?

— Alors, tu es arrivé. Où es-tu ?

Ce ton suffoqua Charley.

— A l'hôtel.

— Ah ! Tu es pris ce soir ?

— Non.

— On pourrait dîner ensemble, qu'en dis-tu ? Je viendrai te chercher.

Il raccrocha. Charley n'en revenait pas. Il s'était attendu à une joie pareille à la sienne, mais, à entendre Simon, on l'aurait cru indifférent à la perspective de le revoir. Leur dernière rencontre remontait à deux ans et Simon pouvait avoir bien changé. La crainte de s'ennuyer à Paris accabla Charley. Il attendit Simon avec nervosité. Quand il arriva, il lui parut le même. A vingt-trois ans, il restait, malgré sa taille, le dégingandé d'autrefois. Il était presque débraillé, en veston marron et pantalon de flanelle grise, sans chapeau ni pardessus. Dans son long visage, plus pâle et plus maigre que jamais, ses yeux sombres paraissaient plus grands encore. Durs, brillants, curieux, méfiants, jamais ils ne se fixaient. La large bouche, ironique, découvrait de petites dents irrégulières de carnassier. Avec son menton pointu et ses pommettes saillantes, il n'était pas joli garçon, mais son expression tendue, tourmentée, attirait l'attention. Par instants, son visage prenait une beauté tragique. Elle semblait refléter son esprit inquiet et révolté. Le sourire sans gaieté tenait de la grimace et le rire faisait penser à une contraction de douleur. Simon ne paraissait pas tout à fait maître de sa voix aigre et, quand il s'excitait, elle devenait perçante.

Charley se retint de courir à lui et s'efforça de le recevoir avec fraîcheur. Quand on frappa à la porte, il répondit : « Entrez ! » et s'avança en se limant les ongles. Simon ne lui tendit pas la main. Il lui fit un signe de tête, comme s'ils se fussent déjà rencontrés ce jour-là.

— Salut ! dit-il. La chambre te plaît-elle ?

— Oui. Mais je ne m'attendais pas à un hôtel de ce genre-là.

— Il est commode et tu peux y amener qui tu veux. Je crève la faim. On va dîner ?

— Entendu.

— Allons à la Coupole.

Ils s'assirent en face l'un de l'autre à une table du premier étage et commandèrent leur dîner. Simon enveloppa Charley d'un regard appréciateur.

— Tu as toujours ta belle gueule, Charley, dit-il, avec un sourire oblique.

— Grâce à Dieu, ce n'est pas mon capital.

Charley se sentait intimidé. La séparation avait détruit leur intimité. Habitué, dès l'enfance, à écouter, il était toujours prêt à se taire pour permettre à Simon d'exposer ses idées dans un désordre éloquent. Il lui vouait une franche admiration. Convaincu de son génie, il trouvait naturel de jouer le second rôle. Quel contraste entre la vie du pauvre Simon, seul au monde, et la sienne, large et sans soucis ! L'attachement de Simon, si distant, le flattait. Souvent amer et sarcastique, Simon pouvait être étrangement doux. Dans un de ses rares moments d'expansion, il lui avait confié qu'il n'aimait que lui. Mais, à présent, Charley sentait entre eux une barrière. Le regard agité de Simon sautait de son visage à ses mains, s'arrêtait un instant sur son costume neuf, puis remontait à son col et à sa cravate. Il ne se livrait pas comme autrefois ; il semblait le jauger en étranger et chercher à se faire une opinion sur lui. Le malaise de Charley touchait au chagrin.

— Ça te plaît, les affaires ?

Charley rougit. Il s'attendait aux plaisanteries de Simon sur sa soumission à la volonté de son père, mais sa franchise l'empêcha de cacher la vérité.

— Beaucoup plus que je ne le pensais. Le travail m'intéresse et il n'est pas dur. Il me reste du temps pour moi.

— Tu as eu bien raison, répondit Simon, à sa surprise. Quel besoin avais-tu d'être peintre ou pianiste ? Il y en a déjà trop. D'ailleurs, quelle faribole que l'art !

— Oh ! Simon !

— Tu en es encore aux marottes artistiques de papa et maman ? Allons, Charley ! L'art ! Une amusette pour les bourgeois désœuvrés. Finie, l'époque de ces balivernes !

— J'aurais cru que...

— Je sais ce que tu aurais cru : tu aurais cru que ça donnait une beauté, un sens à l'existence, une consolation aux malheureux ployés sous le fardeau et un encouragement à une vie plus noble et mieux remplie. Couillonnades ! Peut-être aurons-nous, de nouveau, besoin d'art dans l'avenir, mais ce ne sera pas ton art, ce sera l'art du peuple.

— Seigneur !

— Les gens ont besoin d'un coup de fouet, et peut-être l'art est-il la meilleure forme sous laquelle nous puissions le leur donner. Mais l'heure n'est pas venue. Pour le moment, c'est sous une autre forme qu'il le leur faut.

— Laquelle ?

— Les mots.

Il lança ces paroles avec une vivacité ironique. Mais il sourit et, malgré la grimace de ses lèvres, Charley vit passer dans ses yeux l'expression affectueuse d'autrefois.

— Non, mon gosse, continua-t-il. Mène ta bonne petite vie, va au bureau tous les jours et amuse-toi. Ça ne durera plus très longtemps et tu fais bien d'en profiter.

— Que veux-tu dire ?

— Aucune importance. Nous en reparlerons. Au fond, pourquoi es-tu à Paris ?

— Ma foi, surtout pour te voir.

Simon devint très rouge. On eût dit qu'une parole aimable, et chez Charley elle venait du cœur, l'embarrassait.

— Et à part ça ?

— Je voudrais voir des tableaux et aller un peu au théâtre... et, en général, rigoler un peu.

— Tu entends sans doute par là t'offrir une poule ?

— A Londres, les occasions sont rares.

— Tout à l'heure, nous irons au Sérail.

— Qu'est-ce que c'est ?

— Tu verras. C'est assez drôle.

Ils commencèrent à parler du séjour de Simon à Vienne, mais il demeura sur la réserve.

— Il m'a fallu quelque temps pour trouver mon aplomb. Je n'étais jamais sorti d'Angleterre. J'ai appris l'allemand. J'ai beaucoup lu. J'ai réfléchi. J'ai rencontré des gens intéressants.

— Et depuis, à Paris ?

— A peu près la même chose. J'ai mis mes idées en ordre. Je suis jeune. J'ai le temps. Quand j'en aurai assez de Paris, j'irai à Rome, à Berlin ou à Moscou. Si je ne peux pas me faire envoyer par le journal, je m'arrangerai autrement. Je gagnerai toujours ma croûte avec les leçons d'anglais. Je ne suis pas né dans la pourpre et je sais me passer des choses. A Vienne, pour me dresser, j'ai vécu un mois de pain et de lait. Ça ne m'a même pas paru dur. A présent, je suis habitué à ne manger qu'une fois par jour.

— Quoi ? C'est ton premier repas aujourd'hui ?

— J'ai pris une tasse de café en me levant et un verre de lait à une heure.

— Mais pourquoi ? Tu es pourtant bien payé.

— Mon salaire est normal. Je gagne assez pour m'offrir trois repas par jour. Mais comment espérer dominer les autres si on ne se domine pas soi-même ?

Charley sourit. Il commençait à se sentir plus à l'aise.

— Tu parles comme un livre.

— C'est possible, répliqua Simon avec indifférence. « Je prends mon bien où je le trouve. » Un proverbe distille la sagesse des nations et seul l'imbécile méprise les lieux communs. Tu penses bien que je ne vais pas rester correspondant d'un journal de Londres ou professeur d'anglais toute ma vie. J'en suis à mes années de pèlerinage. Je les emploierai à acquérir l'instruction que je n'ai jamais reçue dans notre stupide collège ou dans ce cimetière de banlieue qu'est l'Université de Cambridge. Mais il ne suffit pas d'acquérir la connaissance des hommes et des livres. Il y a quelque chose de beaucoup plus difficile et de plus important : une volonté indomptable. Je veux me former moi-même, comme le jésuite novice est formé par la discipline de l'Ordre. Je me suis, je crois, toujours bien connu. Pour ça, il n'y a rien de tel que d'être seul au monde, étranger partout, et de vivre au milieu d'indifférents. Mais, chez moi, c'était instinctif. En deux ans d'absence, j'ai appris à me connaître comme je connais la cinquième proposition d'Euclide. Je me rends compte de ma force et de mes points faibles et je vais consacrer cinq ou six ans à développer l'une et à éliminer les autres. Je me comporterai avec moi-même comme l'entraîneur d'un futur champion. Personne ne voit plus clair en soi et, crois-moi, c'est quelque chose. Je sais parler. On ne mène pas les hommes par le raisonnement, mais par les phrases. Avec les mots, on fait ce qu'on veut de ces idiots-là. C'est mortifiant, mais aussi vrai que la nécessité de bien finir pour un film à succès. Déjà, j'arrive à peu près à ce que je veux avec les mots ; quand je serai tout à fait rodé, je ferai n'importe quoi.

Dans sa candeur, Charley était peiné. Il ne retrouvait pas son Simon. Autrefois, ses théories extravagantes frisaient la provocation, mais gardaient une certaine noblesse. Il était désintéressé. Il s'indignait devant l'oppression et la cruauté. L'injustice le rendait furieux. Simon ne remarquait pas l'impression produite ou n'y attachait pas d'importance. Il suivait son idée.

— Mais ni l'intelligence, ni l'éloquence, pourtant si nécessaires, ne suffit. Kerenski avait l'une et l'autre : à quoi lui ont-elles servi ? L'important, c'est le caractère. Je veux tremper le mien. On peut faire n'importe quoi de soi-même. Affaire de volonté. Je m'entraîne à ignorer les insultes, l'indifférence et le ridicule. Un jour, j'aurai assez de détachement pour me sentir, même en prison, libre comme l'oiseau dans l'air. J'aurai assez de force pour tirer parti de mes erreurs. Je veux me cuirasser contre la pitié, arracher de mon cœur la possibilité de l'amour.

— Pourquoi ?

— Pour ne pas laisser les sentiments influencer mon jugement. Vois-tu, je n'ai jamais tenu qu'à toi, Charley. Eh bien ! je veux devenir capable, s'il le fallait, de te coller au mur et de te brûler la cervelle, sans hésitation ni regret.

Les yeux de Simon avaient l'opacité d'un vieux miroir au tain usé, incapable de réfléchir votre image et donnant pourtant l'illusion d'une vie mystérieuse, reflet d'événements passés et de passions mortes.

— Tu n'as pas été étonné de ne pas me voir à la gare ?

— J'en aurais été content. J'ai pensé que tu avais été retenu.

— Je savais que tu serais déçu. C'est notre heure la plus chargée au bureau : nous téléphonons à Londres les nouvelles de la journée. Mais demain, c'est Noël, le journal ne doit pas paraître et j'aurais pu sortir. Je ne suis pas venu parce que j'en avais trop envie. Depuis ta lettre, je ne pensais plus qu'à ça. A l'heure de ton arrivée, je te voyais sur le quai, tout désemparé dans la bousculade. Je me suis mis à lire en concentrant mon attention pour m'empêcher de guetter le téléphone. Et quand il a sonné et que j'ai su que c'était toi, l'intensité de ma joie m'a rendu furieux. Un peu plus, je ne répondais pas. Voilà plus de deux ans que je lutte pour me débarrasser de cette amitié. Veux-tu savoir pourquoi je tenais à te revoir ? On idéalise les absents, la séparation resserre les liens et, à leur retour, on est souvent bien déçu. Je pensais que, s'il restait quelque chose de ma vieille tendresse pour toi, les quelques jours que tu passerais ici suffiraient à le détruire.

— Tu vas me trouver idiot, dit Charley, avec son sourire de bon garçon, mais je ne comprends pas du tout.

— Tu es idiot, en effet !

— Bon, c'est entendu, mais explique-toi.

Les yeux inquiets de Simon virèrent comme ceux d'un lièvre traqué.

— Tu es la seule personne qui ait jamais tenu à moi.

— Ce n'est pas vrai. Mon père et ma mère t'ont toujours beaucoup aimé.

— Ne dis pas de bêtises. Ton père se moquait de moi comme de l'art, mais il lui plaisait de jouer à l'homme charitable envers un pauvre orphelin. Ta mère me trouvait peu délicat et égoïste. Elle craignait mon influence sur toi et voyait bien que je considérais ton père comme un fumiste de la pire espèce, celui qui se leurre sur lui-même. Sa seule satisfaction était de constater combien nous étions différents.

— Tu n'es guère aimable pour mes pauvres parents, remarqua doucement Charley.

— Nous nous sommes entendus tout de suite, poursuivit Simon, imperturbable. Ce vieux raseur de Goethe appelait ça l'affinité élective. Tu m'as donné ce dont j'avais toujours été privé. Moi, qui n'avais jamais été enfant, j'ai pu l'être avec toi. J'ai pu m'oublier en toi. Je te bousculais, je te jouais des tours, je me moquais de toi et je te négligeais, mais je t'adorais. Je me sentais merveilleusement à l'aise avec toi. Je pouvais être moi-même. Tu étais toujours de bonne humeur. Ta compagnie détendait mes pauvres nerfs et me délivrait de la force inexorable qui me travaillait. Je ne veux ni repos ni délivrance, mais ma volonté flanche devant ton sourire. Je ne peux pas me permettre d'être doux, je ne peux pas me permettre d'être tendre. Dès que je regarde tes yeux bleus, si confiants, j'hésite, moi qui ne devrais jamais hésiter. Tu es mon ennemi et je te hais.

Certains de ces aveux avaient fait rougir Charley, mais, cette fois, il étouffa un rire.

— Ce que tu dis de bêtises !

Les yeux passionnés de Simon restaient braqués sur Charley, comme pour chercher à pénétrer les profondeurs de son être.

— Qu'y a-t-il là-dessous ? dit-il, comme pour

lui-même. Est-ce son expression qui m'illusionne ?

Puis, à Charley :

— Je me suis souvent demandé ce que je voyais en toi. Ce n'est pas ta belle gueule, bien qu'elle joue son rôle, ni ton intelligence : elle n'a rien de transcendant, et pas davantage ta franchise ou ton bon caractère. Qu'est-ce qui, en toi, attire à première vue ? Tu as presque gagné la bataille avant de l'avoir engagée. Le charme ? Qu'est-ce que le charme ? Un de ces mots dont tout le monde connaît le sens sans pouvoir le définir. Si j'avais du charme, avec mon cerveau et mon cran, il n'y aurait plus d'obstacles pour moi. Tu as la vitalité, et c'est la moitié du charme.

Son regard perçant se porta sur Charley.

— Ton charme est naturel, donc irrésistible. Dire qu'une fossette suffit à te rendre la vie si facile !

— Qu'est-ce que tu veux dire ?

— J'avais hâte de te retrouver pour étudier le mécanisme de ton charme. Il dépend de la structure musculaire spéciale de ton orbite inférieure et d'un petit pli qui se forme sous tes yeux quand tu souris.

Gêné d'être ainsi disséqué, Charley changea de conversation.

— Mais où tout ça te mènera-t-il ? demanda-t-il.

— Qui le sait ? Allons prendre notre café au Dôme.

— Bon ! Je vais appeler le garçon.

— Laisse-moi t'offrir ton dîner. C'est la première fois que je paierai pour toi.

Au moment de régler l'addition, il trouva deux cartes dans son portefeuille.

— Tiens, je t'ai retenu une place pour la messe de minuit à Saint-Eustache. Sa maîtrise passe pour la meilleure de Paris.

— Ça, c'est chic ! Je suis ravi. Tu viendras avec moi, dis ?

— Je verrai si ça me tente à cette heure-là. Prends toujours les billets.

Charley les mit dans sa poche. Ils allèrent à pied au Dôme. La pluie avait cessé, mais les trottoirs encore humides luisaient faiblement à la lumière des devantures ou des réverbères. Des passants allaient et venaient. Ils sortaient de l'ombre des arbres dénudés comme des coulisses d'un théâtre, traversaient la lumière et se perdaient ensuite dans une zone d'obscurité. Les deux amis atteignirent le Dôme. Des verrières fermaient la terrasse. Toutes les tables étaient occupées, mais, à leur arrivée, un couple se leva et ils prirent les places vides. Il ne faisait pas chaud et Simon n'avait pas de manteau.

— Tu ne vas pas avoir froid ? demanda Charley. Si on allait à l'intérieur ?

— Non, je suis aguerri.

— Et quand tu t'enrhumes ?

— Je ne m'en occupe pas.

Charley avait souvent entendu parler du Dôme, mais il n'y avait jamais été et il regarda autour de lui avec curiosité. Il y avait là des jeunes gens en sweaters, quelques-uns avec des barbes en pointe, et des jeunes filles nu-tête, en manteaux de pluie ; il les prit pour des peintres ou des écrivains et cette idée l'émoustilla.

— Des Anglais ou des Américains, dit Simon, avec un haussement d'épaules. Un tas de propres à rien, théâtralement vêtus pour tenir leur rôle dans une pièce depuis longtemps retirée de l'affiche.

Plus loin, il y avait un groupe de grands jeunes gens blonds, des Scandinaves, sans doute, et, à une autre table, des Levantins basanés, démonstratifs et bavards. Mais la majorité se composaient de Français paisibles, habillés sans fantaisie, des boutiquiers du quartier. Quelques provinciaux se croyaient, comme Charley, au rendez-vous des artistes et des étudiants.

— Pauvres types, ils sont trop fauchés pour mener la vie du Quartier latin. Ils crèvent la faim et triment comme des forçats. Tu as lu *la Vie de bohème*. Aujourd'hui, Rodolphe porte un beau costume bleu acheté au clou et met tous les soirs son pantalon sous son matelas pour le repasser. Il compte sou par sou et pense à son avenir. Mimi et Musette turbinent à en crever. Ce sont des syndiquées qui ne ratent pas un meeting et, si elles perdent leur vertu, elles ne perdent pas la tête.

— Vis-tu avec une femme ?

— Non.

— Pourquoi ? Ça doit être agréable. Depuis un an, les occasions n'ont pas dû te manquer ?

— Plutôt ! Quand on y pense, c'est tordant. Si tu voyais mon appartement... Un atelier et une cuisine. Pas de salle de bains. En principe, la concierge fait le ménage tous les jours, mais elle a des varices et ne monte pas volontiers. Voilà tout ce que j'ai à offrir et, cependant, j'ai trouvé trois filles prêtes à partager mon taudis. L'une était anglaise, elle travaillait au bureau communiste international ; une autre était norvégienne, étudiante à la Sorbonne, et la troisième était française. On l'aurait crue plus raisonnable. C'était une couturière en chômage. Je l'ai levée un samedi soir, en allant dîner ; elle n'avait pas mangé de la journée. Je l'ai gardée jusqu'au lundi. Elle aurait voulu rester, mais je l'ai mise dehors. La Norvégienne m'assommait. Elle voulait repriser mes chaussettes, faire la cuisine, frotter le parquet. Quand je l'ai chassée, elle a commencé à m'attendre au coin des rues et à me suivre en me racontant que, si je n'avais pas pitié d'elle, elle se tuerait. Celle-là m'a appris à me conduire. Pour finir, j'ai dû employer la manière forte.

— Qu'entends-tu par là ?

— Eh bien ! un jour, j'en ai eu plein le dos. Je lui ai dit que si elle m'accostait encore, je la mettrais knock-out. Cette bécasse ne m'a pas cru. Le lendemain, elle m'attendait sur le trottoir d'en face. Elle est venue à moi avec son air de chien battu et elle a remis ça. Je ne l'ai pas laissée en dire long. Je lui ai flanqué un direct au menton et elle s'est écroulée.

Les yeux de Simon flambèrent.

— Et alors ?

— Elle s'est relevée, je suppose. Je suis parti sans me retourner. En tout cas, elle a encaissé et j'en ai été débarrassé.

Cette histoire mit Charley mal à l'aise et, en même temps, lui donna envie de rire. Mais une pudeur lui fit garder le silence.

— Le plus comique, c'était la communiste. La

fille d'un évêque, tu t'imagines ! Elle avait fait son économie politique à Oxford. Il fallait voir cet air distingué, la vraie femme du monde, mais elle considérait la fornication comme un devoir sacré. Chaque fois qu'elle couchait avec un camarade, elle croyait servir la Cause. Nous devions être des copains, mener le bon combat ensemble, coude à coude, etc. L'évêque lui servait une pension et elle voulait mettre nos ressources en commun, faire de mon studio une cellule, réunir les camarades à l'heure du thé pour discuter les questions du jour. Je l'ai vite mise au pas.

Il ralluma sa pipe et sourit douloureusement, comme s'il eût goûté une plaisanterie cruelle.

Charley aurait eu beaucoup de choses à répondre, mais il craignait l'ironie de Simon.

— Alors, tu veux couper les ponts ? risqua-t-il.

— Absolument. Je veux être libre. Pas question de me laisser mettre le grappin dessus. C'est pourquoi j'ai laissé tomber la petite couturière. C'était la plus dangereuse. Elle avait l'humilité des pauvres qui tendent le dos aux coups de la vie. Je ne l'aurais jamais aimée, mais je me méfiais de son adoration reconnaissante, de sa gaieté. Elle risquait de devenir une habitude dont je ne me serais plus dépêtré. Rien n'est insidieux comme la flatterie d'une femme. Nous en avons un tel besoin que nous finissons par en être esclaves. La flatterie, comme les insultes, doit glisser sur moi. Cette fille-là, avec ce qu'elle m'aurait dû, je l'aurais traînée toute ma vie.

— Mais, Simon, tu n'es pas en bois. Tu as vingt-trois ans.

— Et tu crois que ça me travaille ? Moins que tu ne l'imagines. Quand on bûche douze à seize heures par jour, en dormant à peine six heures, avec un seul repas, tu en seras peut-être épaté, mais on pense beaucoup moins à la bagatelle. A Paris, on trouve facilement son affaire à peu de frais et sans perdre de temps. Quand ça commence à me tourmenter, je prends une femme comme on prend une purge.

Un sourire jeune découvrit les dents blanches de Charley.

— Ne perds-tu pas de belles occasions ? Après tout, on n'a pas toujours vingt ans.

— Peut-être. Mais on n'arrive à rien si on se disperse. Chesterfield a dit le vrai mot sur tout ça : le plaisir ne dure qu'un instant, la position est ridicule et la dépense regrettable. Peut-être est-ce un instinct tyrannique, mais il faut être un rude imbécile pour dérailler à cause de lui. Moi, je ne le crains plus et, dans quelques années, j'en serai affranchi.

— Es-tu si sûr de ne jamais rencontrer l'amour ? Ces choses-là arrivent à tout le monde, tu sais.

Simon lui jeta un regard hostile.

— Je l'arracherai de mon cœur comme une dent gâtée de ma bouche.

— Facile à dire !

— Je sais. Rien ne se fait sans effort, mais, quand son instinct de conservation entre en jeu, l'homme trouve la force d'agir.

Charley restait silencieux. Dans la bouche d'un autre, ces propos lui auraient paru une pose. Pendant ses trois années de Cambridge, il avait entendu assez d'extravagances pour ne pas y attacher beaucoup d'importance. Simon ne visait jamais à l'effet. Il méprisait trop l'opinion de ses semblables pour quêter leur admiration au prix d'une attitude. Il était courageux et sincère. Mais son programme choquait Charley. Simon n'avait pas dit pourquoi il s'astreignait à une discipline aussi sévère, mais, à Cambridge, il avait été communiste enragé. Sans doute s'entraînait-il en vue de la révolution qu'il croyait prochaine. Porté vers les arts, Charley avait écouté avec une curiosité détachée les ardentes discussions fréquentes dans la chambre de Simon. Obligé de donner son avis sur un sujet dont il ne s'occupait guère, il eût dit comme son père : malgré les folies du continent, aucun danger de communisme ne menaçait l'Angleterre. L'ouvrier anglais était trop avisé pour obéir à une horde de politiciens étrangers ; et, après tout, son sort n'était pas si mauvais.

Depuis des mois, poursuivait Simon, il avait dû refouler ses pensées. Seule la présence d'un auditeur compréhensif leur donnait la force et la clarté. Et, pourtant, Dieu sait avec quelle fièvre il les ressassait !

— Ce qu'on dit de bêtises sur l'amour ! On y attache une importance très exagérée. Jusqu'à Platon qui exprima sa sensualité sentimentale sous une forme littéraire captivante, le monde avait eu le bon sens de ne pas lui donner trop de prix. C'est le christianisme qui, en s'appuyant sur le néo-platonisme, en a fait la fin et le but, la raison et la justification de la vie. Mais le christianisme était la religion des esclaves. Il offrait à ces malheureux le ciel pour les dédommager de leur misère et le narcotique de l'amour pour les aider à la supporter sur cette terre. Comme toutes les drogues, il énerve et détruit ses adeptes. Depuis deux mille ans, il a affaibli notre volonté et notre courage. Aujourd'hui, nous savons que presque tout est plus important que l'amour, que seuls les faibles et les imbéciles se laissent mener par lui et, pourtant, nous lui faisons une réclame hypocrite. Dans les livres, au théâtre, en chaire, à la tribune, on retrouve les bobards qui servaient à abuser les esclaves d'Alexandrie.

— Mais, Simon, les esclaves d'autrefois, c'est le prolétariat d'aujourd'hui.

Les lèvres de Simon esquissèrent un sourire et Charley eut le sentiment d'avoir dit une bêtise.

— Je sais, dit tranquillement Simon.

Ses yeux s'immobilisèrent. Tout en observant Charley, il semblait regarder au loin. A quoi pensait-il ? Charley sentit un léger malaise.

— Une habitude de deux mille ans a pu faire de l'amour une nécessité et il faut en tenir compte. Mais si une drogue est indispensable, un intoxiqué n'est pas indiqué pour l'administrer. Seul peut tirer parti de l'amour celui qui y demeure insensible.

— Mais vas-tu me dire enfin ton idée, quand tu te prives de toutes les bonnes choses de la vie ? Je ne vois pas ce qui peut valoir ce sacrifice !

— Qu'as-tu fait l'année dernière, Charley ?

Cette question ressemblait à un coq-à-l'âne, mais Charley répondit avec sa franchise habituelle.

— Pas grand-chose. J'ai été au bureau à peu

près tous les jours et j'ai passé pas mal de temps dans le domaine pour me mettre au courant. J'ai joué au golf avec papa. Il fait volontiers un parcours ou deux par semaine. Et j'ai entretenu mon piano. J'ai suivi les concerts et les expositions de peinture. J'ai été à l'Opéra et au théâtre.

— Et tu es satisfait ?

— Plutôt. En tout cas, je ne me suis pas ennuyé.

— Et que comptes-tu faire l'année prochaine ?

— A peu près la même chose, je pense.

— Et l'année d'après et la suivante ?

— Un jour, je me marierai et papa se retirera et me passera ses affaires. Elles rapportent mille livres par an. Pour l'époque, ce n'est pas si mal. Et, bien entendu, plus tard, j'aurai la moitié des actions de papa.

— Et tu mèneras la même vie que lui ?

— A moins que le parti travailliste ne confisque le domaine. Alors, évidemment, je suis fichu. Mais jusque-là, je suis tout prêt à suivre mon petit bonhomme de chemin et à tirer le meilleur parti possible de ma galette.

— Et quand tu claqueras, crois-tu que ça aura une importance quelconque que tu aies vécu ou non ?

Pris de court, Charley rougit.

— Je suppose que non.

— Et tu es content comme ça ?

— Je n'y ai jamais songé. Mais, pour parler franc, je serais idiot si je ne l'étais pas. Je ne serais jamais devenu un grand artiste. J'en ai parlé cet été avec papa quand nous avons été pêcher en Norvège. Il a été rudement chic. Le pauvre, il avait si peur de me faire de la peine, mais il faut avouer qu'il avait raison. J'ai des dons naturels. Je peux peindre un peu, écrire un peu, jouer un peu du piano; j'aurais pu arriver si je n'avais été doué que pour une chose, mais la facilité ne suffit pas. Papa le disait bien : il vaut mieux être un bon homme d'affaires qu'un artiste de second ordre. Après tout, j'ai eu de la veine que le vieux Sibert Mason ait épousé une cuisinière et cultivé des légumes sur un bout de terrain en lisière de Londres. N'est-ce pas suffisant de faire mon devoir dans la situation où la Providence ou, si tu veux, le hasard m'a placé ?

Simon eut un sourire plus indulgent que tous ceux qui avaient crispé ses traits ce soir-là.

— Hé ! oui. Mais j'aimerais mieux passer sous un autobus que d'envisager une vie pareille.

Charley le regarda avec calme.

— Vois-tu, Simon, moi, j'ai une heureuse nature.

Simon étouffa un rire.

— On verra si on peut changer ça. En attendant, je t'emmène au Sérail.

III

C'était une maison d'apparence respectable. La porte fut ouverte par un nègre costumé en Turc. Comme ils entraient dans un corridor étroit et mal éclairé, une femme parut. Elle les examina d'un air froid, mais, à la vue de Simon, elle devint plus aimable. Ils se serrèrent cordialement la main.

— C'est Mlle Ernestine, dit-il à Charley.

Puis, à elle :

— Mon ami débarque de Londres. Il veut se dessaler.

— Vous l'avez conduit au bon endroit.

D'un coup d'œil, elle jugea Charley. Charley vit une femme proche de la quarantaine, d'une beauté dure, avec un nez droit, de minces lèvres peintes et un menton volontaire. Un costume sombre de coupe masculine la moulait. Elle portait un col et une cravate et, comme épingle, l'écusson d'un régiment anglais.

— Il est beau, dit-elle. Ces dames seront contentes.

— Et Madame, elle n'est pas là, ce soir ?

— Elle passe les vacances en famille. Je la remplace.

— Alors, nous entrons ?

— Vous connaissez le chemin.

Les jeunes gens suivirent le corridor et, ouvrant une porte, se trouvèrent dans une vaste pièce, décorée dans un faux style de hammam. Le long des murs, des canapés ; devant eux, des tables et des chaises. Il y avait du monde. Les vestons dominaient, avec, çà et là, quelques smokings. C'étaient surtout des hommes, par groupes de deux ou de trois, mais, à une table, se trouvaient aussi des femmes en robe du soir, venues sans doute par curiosité. Des garçons habillés à la turque prenaient les commandes. Sur une estrade, un orchestre composé d'un piano, d'un violon et d'un saxophone. Face à face, deux banquettes empiétaient sur la piste de danse. Dix ou douze jeunes personnes y étaient assises. Elles portaient des babouches à talons hauts, des pantalons bouffants en étoffe lamée froncés aux chevilles et de petits turbans. Le reste du corps était nu. D'autres femmes, dans le même costume, buvaient avec des clients. Simon et Charley commandèrent du champagne. L'orchestre commença à jouer. Trois ou quatre hommes s'approchèrent des banquettes pour choisir des partenaires. Les dédaignées se mirent à danser ensemble d'un air indifférent. Elles se parlaient à peine et lançaient des œillades aux hommes demeurés assis. La table des femmes élégantes les intéressait. A part les poitrines nues des danseuses, rien ne distinguait cet endroit d'un dancing ordinaire. La place, cependant, n'y manquait pas. Charley remarqua ses voisins, deux hommes en conversation d'affaires. Par moments, ils sortaient des papiers de leurs serviettes en cuir et discutaient comme ils l'eussent fait au café. Bientôt, un des hommes du monde alla parler à deux femmes qui dansaient ensemble. Elles s'arrêtèrent et s'approchèrent de la table d'où il était venu. Une des belles dames en noir, avec un collier d'émeraudes, se mit à danser avec une des pensionnaires. L'autre regagna la banquette. La sous-maîtresse, en costume tailleur, vint rejoindre Simon et Charley.

— Eh bien ! Votre ami trouve-t-il une de ces dames à son goût ?

— Asseyez-vous une minute et prenez quelque chose. Il regarde. La nuit commence à peine.

Elle commanda une orangeade.

— C'est dommage qu'il tombe sur un soir aussi calme. Vous comprenez, la veille de Noël, beaucoup de gens restent chez eux. Mais ça va s'animer. Un tas d'Anglais sont à Paris pour les fêtes. J'ai lu dans le journal qu'on avait triplé la *Flèche d'Or*. Une grande nation, ces Anglais. Ils ont de l'argent.

Intimidé, Charley garda le silence. Elle demanda à Simon s'il savait le français.

— Naturellement. Il a passé six mois en Touraine.

— Quel beau pays ! L'été dernier, pendant mes vacances, j'ai fait les châteaux de la Loire en auto. Angèle est de Tours. Peut-être votre ami voudrait-il danser avec elle ?

Elle se tourna vers Charley.

— Vous dansez, n'est-ce pas ?

— Oui, j'aime ça.

— Elle est très bien élevée et d'un milieu comme il faut. J'ai été voir ses parents à Tours et ils m'ont remerciée de tout ce que j'avais fait pour leur fille. Ce sont des gens tout ce qu'il y a de bien. Ne croyez pas que nous prenons ici n'importe qui. Madame est très difficile. Elle tient à la réputation de la maison. Toutes ces dames appartiennent à des familles de province bien posées. C'est pourquoi elles préfèrent travailler à Paris. Elles ne veulent pas causer d'ennuis à leurs parents. La vie est dure et chacun est obligé de se débrouiller. Bien entendu, je ne prétends pas que ce soit de l'aristocratie, mais l'aristocratie, en France, est complètement pourrie et, pour ma part, je mets bien au-dessus la bonne bourgeoisie française. C'est l'armature du pays.

Mlle Ernestine paraissait raisonnable et ses principes solides. Ses idées sur les questions sociales ne devaient pas manquer d'intérêt. Elle tapota la main de Simon et s'adressa de nouveau à Charley.

— Je suis toujours contente de voir M. Simon. C'est un ami de la maison. Il ne vient pas très souvent, mais, quand il est là, il se conduit en gentleman. Il ne se pocharde pas comme certains de vos compatriotes et, avec lui, on peut causer. Nous aimons à recevoir des journalistes. Parfois, notre vie me paraît un peu terne et ça fait du bien de voir quelqu'un qui est dans le mouvement. Ça vous sort de l'ornière.

Dans cette ambiance, comme s'il se fût senti étrangement à l'aise, Simon se montrait détendu et naturel. S'il jouait la comédie, il la jouait bien.

Ou se découvrait-il quelque affinité singulière avec la sous-maîtresse ?

— Un jour, il m'a emmenée à une répétition générale aux Français. Tout Paris était là. Académiciens, ministres, généraux. J'ai été éblouie.

— Et permettez-moi d'ajouter qu'aucune femme n'avait plus de distinction. Ça m'a très bien posé d'être vu avec vous.

— La tête de certains gros bonnets qui viennent ici, quand ils m'ont rencontrée au foyer au bras de M. Simon !

C'était bien Simon d'aller à une grande manifestation mondaine en pareille compagnie. Ils parlèrent encore un peu. Puis Simon dit :

— Écoutez, ma chère, pour la première fois qu'il vient ici, il faut soigner notre ami. Si nous le présentions à la princesse ? Qu'en pensez-vous ?

Les traits marqués de Mlle Ernestine se détendirent dans un sourire et elle jeta sur Charley un regard amusé.

— C'est une idée. Ce sera, en tout cas, pour lui une expérience nouvelle. Elle est bien faite.

— Invitons-la à prendre un verre.

Mlle Ernestine appela un garçon :

— Dites à la princesse Olga de venir.

Puis à Charley :

— Elle est russe. Depuis la révolution, nous en sommes submergés ; nous en avons par-dessus la tête de leur « niet, niet » et du charme slave. Au début, les clients s'en sont montrés friands, mais, à présent, ils en ont assez. Et puis, ces filles-là ne sont pas sérieuses. Toujours du bruit, des disputes. En somme, ce sont des sauvages, incapables de se tenir. Mais la princesse, c'est différent. Elle a des principes. On voit qu'elle a été bien élevée. Elle a quelque chose, c'est indéniable.

Pendant qu'elle parlait, le garçon s'approcha d'une femme assise sur une des banquettes et lui dit un mot. Charley l'avait déjà remarquée. Elle paraissait inconsciente de l'entourage. Elle se leva, jeta un coup d'œil dans leur direction et vint sans se hâter. Quand elle les eut rejoints, elle sourit à Simon et ils se serrèrent la main.

— Je vous avais vu entrer, dit-elle en s'asseyant.

Simon lui proposa du champagne.

— Pourquoi pas ?

— Voilà un de mes amis qui brûle de vous connaître.

— J'en suis flattée.

Elle tourna son regard calme vers Charley et l'examina avec une insistance gênante, mais ses yeux n'exprimaient ni bienvenue ni invitation. Leur complète indifférence était presque choquante.

— Il est beau.

Charley sourit timidement. Un sourire trembla sur les lèvres de la princesse.

— Il a l'air gentil.

Son turban, son pantalon bouffant étaient en gaze bleu pâle semée de petites étoiles d'argent. Elle n'était pas très grande, son visage était fardé, ses joues d'un rouge extravagant, ses lèvres écarlates et ses paupières bleues. Du rimmel noircissait ses sourcils et ses cils. Elle n'était, certes, pas belle, mais plaisante, avec ses pommettes hautes, son petit nez charnu et ses yeux à fleur de tête, comme des fenêtres enchâssées dans un mur. Ils étaient grands et bleus, et leur bleu, rehaussé par la couleur du turban et le rimmel, jetait l'éclat d'une flamme. Son corps d'ambre pâle, svelte et élégant, avait la douceur de la soie. Ses seins étaient petits et ronds, virginaux, avec des bouts rosés.

— Pourquoi ne fais-tu pas danser la princesse, Charley ? dit Simon.

— Voulez-vous ? proposa-t-il.

Elle eut un léger haussement d'épaules et se leva, sans un mot. Au même instant, Mlle Ernestine, appelée par ses affaires, les quitta. Jamais Charley n'avait dansé avec une femme sans corsage. Le contact de ce corps nu et des petits seins lui faisait perdre le souffle. La main qu'il tenait était menue et douce. Mais, en garçon bien élevé, il engagea la conversation comme avec une jeune fille inconnue dans un bal de Londres. Elle répondit poliment, sans marquer d'intérêt à ses paroles. Ses yeux erraient autour de la pièce où rien, pourtant, ne méritait de retenir son attention. Quand il la serra de plus près, elle se laissa faire sans paraître le remarquer. L'orchestre se tut et ils retournèrent à leur table. Simon y était seul.

— Alors, danse-t-elle bien ? demanda-t-il.

— Pas trop.

Elle se mit à rire. Elle s'animait pour la première fois et son rire sonnait franc et gai.

— Je suis désolée, dit-elle en anglais. J'étais distraite. Je peux danser mieux. Vous verrez la prochaine fois.

Charley rougit.

— Je ne savais pas que vous compreniez l'anglais. Je n'aurais pas dit ça.

— Mais c'est vrai. Et, quand on danse comme vous, on mérite une bonne partenaire.

Jusque-là, ils avaient parlé français. Charley s'exprimait avec plus d'aisance que de correction, mais presque sans accent. Elle parlait un français très pur, avec les intonations languissantes des Russes. Son anglais n'était pas mauvais.

— La princesse a été en Angleterre, dit Simon.

— J'y suis restée de ma seconde à ma quatorzième année. Depuis, je n'ai guère parlé anglais et j'ai oublié.

— Où habitiez-vous ?

— A Londres. A Ladbroke Grove. Dans Charlotte Street. Dans n'importe quel coin bon marché.

— A présent, je vous laisse, mes enfants, dit Simon. Je te verrai demain, Charley.

— Tu ne viens pas à la messe de minuit ?

— Non.

Il les quitta.

— Il y a longtemps que vous connaissez M. Simon ? demanda la princesse.

— C'est mon plus vieil ami.

— Et il vous plaît ?

— Plutôt !

— Il est très différent de vous. Ça m'étonne que vous vous entendiez.

— Il est si intelligent. Pour moi, il a toujours été parfait.

Elle ouvrit la bouche, mais se ravisa et garda le silence. La musique reprit.

— On danse encore ? proposa-t-elle. Je veux vous montrer que je sais danser.

Se sentait-elle plus à l'aise depuis le départ de Simon ou quelque détail dans les manières de Charley avait-il éveillé sa sympathie, par exemple sa mine confuse en s'apercevant qu'elle comprenait l'anglais ? Elle se montrait à présent d'une amabilité inattendue. En dansant, elle s'animait, avec de soudains éclats de gaieté. Elle racontait son enfance et insistait, avec une ironie amère, sur la misère des logements où elle avait vécu à Londres avec ses parents. Cette fois, soucieuse de suivre, elle dansait très bien. Ils se rassirent et Charley regarda sa montre : presque minuit. Il se sentait au pied du mur. Ses parents lui avaient souvent parlé de la musique religieuse à Saint-Eustache et il ne pouvait manquer l'occasion d'y entendre la messe de minuit. La griserie de Paris, les propos de Simon, la nouveauté du Sérail et le champagne le remplissaient d'un trouble singulier, mais sa fringale de musique égalait son désir pour la jeune Russe. Cela paraissait idiot de partir à ce moment-là et pour une raison pareille. Mais, après tout, c'était son affaire.

— Écoutez, dit-il gentiment, j'ai un rendez-vous. Il faut que je parte, mais je reviendrai dans une heure. Vous serez encore là, je pense ?

— Je reste toute la nuit.

— Vous ne serez pas accaparée par un autre ?

— Pourquoi vous en allez-vous ?

Gêné, il sourit.

— Ça va vous paraître ridicule, mais mon ami m'a donné des billets pour la messe de Saint-Eustache et je n'aurai peut-être plus jamais l'occasion de l'entendre.

— Avec qui y allez-vous ?

— Avec personne.

— Et si vous m'emmeniez ?

— Vous ? Mais comment pourriez-vous sortir ?

— Je vais parler à Mademoiselle. Donnez-moi deux cents francs et j'arrangerai ça.

Il la regarda, indécis. Avec ses seins à l'air, son turban, son pantalon bleu ciel et son maquillage, elle n'avait pas l'allure d'une personne à emmener à l'église. Elle comprit et se mit à rire.

— Je donnerais tout au monde pour y aller. Dites oui, dites oui ! Dix minutes et je suis prête. Ça me ferait tant de plaisir !

— Entendu !

Il lui tendit l'argent et, après lui avoir dit de l'attendre dans l'entrée, elle se sauva. Il régla l'addition et au bout de dix minutes, montre en main, il sortit.

Dans le corridor, une jeune fille vint à lui.

— Je ne vous ai pas fait attendre, vous voyez. J'ai expliqué à Mademoiselle. De toute façon, elle croit les Russes folles.

Avant qu'elle eût parlé, il ne l'avait pas reconnue. Elle portait un costume brun et un feutre. Son fard avait disparu, même le rouge des lèvres, et ses yeux, sous la ligne blonde des sourcils rasés, ne paraissaient plus ni si grands ni si bleus. Dans ses vêtements bruns de confection, mais propres, elle passait inaperçue. On l'eût prise pour une jeune ouvrière, comme il s'en répand à flots dans les petites rues, à la sortie d'un grand magasin. Elle était à peine jolie, mais elle paraissait très jeune et son attitude modeste émut Charley.

— Aimez-vous la musique, princesse ? demanda-t-il, dans le taxi.

Il ne savait comment l'appeler. Elle avait beau être une prostituée, il lui semblait déplacé, à cause de sa naissance, de l'appeler déjà Olga, surtout dans sa situation humiliante.

— Je ne suis ni princesse ni Olga. Au Sérail, ça flatte les clients de croire qu'ils couchent avec une princesse et on m'appelle Olga parce que, à part Sacha, c'est le seul nom russe qu'ils connaissent. Mon père était professeur d'économie politique à l'Université de Leningrad, et ma mère, la fille d'un fonctionnaire des douanes.

— Alors, quel est votre vrai nom ?

— Lydia.

A leur arrivée, la messe venait de commencer. Aucune chance de trouver des chaises libres. Il faisait très froid. Charley offrit son manteau à Lydia. D'un signe de tête, elle refusa. Le chœur était brillamment éclairé. Ils se placèrent près d'un pilier, à l'ombre duquel ils pouvaient se croire isolés. A l'autel officiaient des prêtres aux ornements somptueux. La musique, d'un style trop fleuri, déçut Charley. Elle ne l'émouvait pas comme il l'avait espéré. La voix métallique et théâtrale des solistes le laissait froid. Il avait le sentiment d'assister à une représentation plutôt qu'à une cérémonie religieuse et il n'éprouvait aucune impression de respect. Pourtant, il ne regrettait pas d'être venu. L'obscurité ajoutait à l'austérité des lignes gothiques. Çà et là, la lumière des globes électriques la coupait de traits étincelants. Le doux rayonnement de l'autel, avec sa multitude de cierges ; les prêtres, dont il ne comprenait pas les gestes ; les relents des vêtements humides et le parfum de l'encens ; le froid aigre, tombant comme une menace invisible, tout cela créait en lui non pas une émotion religieuse, mais le sentiment d'un mystère vieux comme la race humaine. Ses nerfs étaient tendus et, quand le chœur et l'orchestre firent éclater l'*Adeste fideles*, il fut saisi d'une exaltation imprévue. Puis un jeune garçon chanta un cantique. La voix grêle, argentine, monta dans le silence et les notes ruisselèrent d'abord avec hésitation, comme une eau cristalline sur les cailloux blancs d'un ruisseau. Le chant s'affermit. Les sons furent projetés jusqu'à la coupole noyée d'ombre. Soudain, Charley s'aperçut qu'à côté de lui Lydia pleurait. Il en fut frappé, mais, avec sa discrétion anglaise, il fit semblant de ne pas le remarquer. Son imagination, nourrie de romans, essayait de se représenter ce qu'elle éprouvait et une grande pitié le prit. Pourtant, cette musique était bien banale. Comment émouvait-elle autant Lydia ? A présent, de gros sanglots la secouaient et il ne pouvait plus ignorer sa peine. Il lui prit la main pour lui marquer sa sympathie, mais elle la retira presque brutalement. Il commençait à être embarrassé. Les pleurs de Lydia attiraient l'attention des voisins. Elle se donnait en spectacle.

— Voulez-vous sortir ? murmura-t-il.

Elle hocha rageusement la tête. Ses sanglots devinrent convulsifs. Elle tomba à genoux et, le visage dans les mains, s'abandonna au désespoir. Elle était tassée comme un paquet de vêtements et, sans le tremblement convulsif de ses épaules, on l'aurait crue évanouie. Elle gisait au pied du grand pilier et Charley, atrocement gêné, se tenait devant elle pour la cacher. Tout le monde les regardait. Que devait-on supposer ?

Les musiciens ne jouaient plus, le chœur s'était tu et, du silence, montait un respect extatique. Rang par rang, les communiants se pressaient sur les marches de l'autel pour recevoir l'hostie sainte. Par délicatesse, Charley évitait de regarder Lydia et contemplait fixement le sanctuaire illuminé. Il la sentit se relever. Elle s'appuya contre le pilier et cacha son visage dans le creux de son coude. Sa crise de larmes l'avait épuisée, mais la façon dont elle s'abandonnait à présent contre la pierre, les jambes pliées sur les dalles, exprimait un désespoir indicible.

Le service se terminait. L'orgue doubla l'orchestre pour la sortie et un flot de gens, impatients de retourner à leur voiture ou de trouver des taxis, s'écoula. Puis une grande foule longea l'église. Déjà, les portes étaient presque dégagées. Ils demeurèrent seuls. Charley posa la main sur l'épaule de Lydia.

— Venez.

Il la prit par la taille et l'aida à se relever. Inerte, elle se laissait faire. Elle détournait les yeux. Il l'entraîna vers le bas-côté. Une douzaine de personnes s'y attardaient.

— Voulez-vous marcher un peu ?

— Non, je suis si fatiguée... Prenons un taxi.

Mais ils n'en trouvèrent pas tout de suite. Au premier réverbère, elle s'arrêta et sortit une glace de son sac. Ses yeux étaient gonflés. Elle passa une houppette sur son visage.

— Il n'y a pas grand-chose à faire, dit-il avec

un sourire. Allons souper. Vous ne pouvez pas retourner au Sérail comme ça.

— Quand je pleure, mes yeux enflent toujours. J'en ai pour des heures.

Un taxi passa. Charley lui fit signe.

— Où allons-nous ?

— Ça m'est égal. Au Select, boulevard Montparnasse ?

Il donna l'adresse et ils traversèrent la Seine. En arrivant, il hésita, car l'endroit paraissait bien encombré, mais elle sauta du taxi. Il la suivit. Malgré le froid, la terrasse était pleine. Ils trouvèrent une table à l'intérieur.

— Je vais laver mes yeux.

Au bout de quelques minutes, elle revint. Elle avait enfoncé son chapeau pour cacher ses paupières meurtries et s'était poudrée, mais elle n'avait pas remis de rouge et paraissait blême. Elle ne s'excusa pas de sa crise de larmes, comme s'il se fût agi d'une chose toute naturelle.

— J'ai faim, dit-elle. Vous aussi, je pense.

Elle ne se trompait pas. En l'attendant, Charley s'était demandé si, dans ces circonstances, il serait déplacé de se commander des œufs au bacon. La remarque de Lydia le soulagea. Elle avait justement envie d'œufs au bacon. Il voulut prendre du champagne pour la remonter, mais elle l'en empêcha.

— Pourquoi gaspiller votre argent ? Buvons de la bière.

Ils mangèrent leur simple repas avec appétit. Ils parlèrent peu. Charley se mit d'abord en frais, mais elle ne l'encouragea pas et, bientôt, ils retombèrent dans le silence. Après le café, il demanda à Lydia où elle désirait aller.

— Je voudrais rester ici. J'aime cet endroit, on y est bien. Ça m'amuse de regarder les gens.

— Entendu !

Ce n'était pas ainsi qu'il avait imaginé sa première nuit de Paris. Quelle folie de l'avoir emmenée à la messe de minuit ! Il n'avait pas le cœur de la brusquer. Mais le ton de sa réponse avait dû la frapper, car elle se retourna. De nouveau, elle eut le sourire qui l'avait frappé deux ou trois fois. Un singulier sourire de ses lèvres presque figées, ironique, mais non sans bonté, à la fois bref et contraint, patient et désabusé.

— Ça ne sera pas bien drôle pour vous. Retournez donc au Sérail et laissez-moi.

— Jamais de la vie !

— Moi, ça m'est égal d'être seule. Parfois, je traîne ici pendant des heures. Vous êtes venu à Paris pour vous amuser. Vous seriez bien bête de ne pas en profiter.

— Si ça ne vous ennuie pas, je préfère rester avec vous.

— Pourquoi ?

Elle eut un regard dédaigneux.

— Vous trouvez-vous noble et généreux ? Avez-vous pitié de moi ? Ou est-ce de la simple curiosité ?

Charley ne s'expliquait pas ces phrases blessantes.

— Pourquoi de la pitié ou de la curiosité ?

Il cherchait à lui faire comprendre qu'il n'en était pas à sa première prostituée. Il ne tenait pas à des confidences, sans doute vulgaires et fausses. Lydia le contemplait avec un air de surprise incrédule.

— Qu'est-ce que votre ami Simon vous a raconté sur moi ?

— Rien.

— Pourquoi rougissez-vous ?

— Je rougis ? répondit-il en souriant.

En fait, Simon lui avait dit qu'elle lui en donnerait pour son argent, mais ce n'était pas le moment de lui parler de ces choses-là. Avec sa pâleur et ses yeux rouges, dans sa pauvre robe brune et son feutre noir, elle ne rappelait en rien la créature en pantalon bleu à la turque, le torse nu, d'où émanait un attrait exotique. C'était une tout autre personne, tranquille, respectable, modeste, aussi dépourvue de *sex appeal* qu'une des jeunes institutrices de l'ancienne école de Patsy. Lydia retomba dans un silence rêveur. Quand elle parla enfin, elle eut l'air de penser tout haut.

— Si j'ai pleuré à l'église, ce n'est pas pour ce que vous croyez. J'ai assez pleuré pour ça, Dieu sait ! Mais, cette fois, c'était pour autre chose. Je me sentais si seule. Tous ces gens, ils ont un pays et un foyer. Demain, ils passeront Noël en famille. Certains, comme vous, étaient venus pour la musique ; d'autres n'ont aucune foi, mais, là, un sentiment commun les réunissait. Ils sont imprégnés du sens de cette cérémonie qu'ils ont connue toute leur vie. Chaque mot, chaque geste des prêtres leur est familier et, même s'ils ne croient pas avec leur cerveau, ils croient avec leur cœur. Ça fait partie de leurs souvenirs d'enfance, comme les jardins où ils jouaient, leur campagne, les rues des villes. Ça les rapproche. Moi, je suis une sans-patrie, une vagabonde. Je ne suis de nulle part. Je suis une épave.

Elle eut un rire lamentable.

— Je suis russe et je ne sais de la Russie que ce que j'en ai lu. Je soupire après les grands champs de blé doré et les forêts de hêtres dont parlent les livres et j'ai beau essayer, essayer, impossible de me les figurer. Je connais Moscou par le cinéma. Parfois, je me creuse la tête pour me représenter un village russe : le village éparpillé, avec ses isbas et leur toit de chaume cher à Tchekhov. Mais en vain. Je sais que ce n'est pas ça du tout. Je parle le russe plus mal que l'anglais et le français. Je lis plus facilement Tolstoï et Dostoïevksi dans une traduction. Je suis aussi étrangère à mes compatriotes qu'aux Anglais et aux Français. Vous, qui avez une maison et un pays, des gens qui vous aiment, dont les habitudes sont les vôtres, que vous comprenez sans les connaître, comment pourriez-vous savoir ce que c'est de n'être chez soi nulle part ?

— Mais n'avez-vous pas de famille ?

— Personne. Mon père était socialiste. C'était un homme paisible, absorbé par ses études, et il ne prenait pas une part active à la politique. Il crut voir dans la révolution le début d'une ère nouvelle pour la Russie. Il accepta les bolcheviks. Il ne demandait qu'à poursuivre son travail à l'Université. Mais on le renvoya et, un jour, il apprit qu'il allait être arrêté. Nous nous enfuîmes par la Finlande, mon père, ma mère et moi. J'avais deux ans. Nous vécûmes douze ans en Angleterre. De quoi, je n'en sais rien. Parfois, mon père trouvait un peu de travail ; parfois, on nous aidait. Mais il avait le mal du pays. Sauf pour ses études à Berlin, il n'était jamais sorti de

Russie. Il ne s'habituait pas à la vie anglaise et, pour finir, il voulut partir. Ma mère le supplia de rester. C'était plus fort que lui : sa nostalgie était trop violente. Il se mit en rapport avec l'ambassade russe à Londres et se déclara prêt à faire n'importe quel travail pour les bolcheviks. Il était connu en Russie, ses livres avaient eu du succès et, dans sa patrie, il faisait autorité. On promit tout et il s'embarqua. Dès l'arrivée, il fut cueilli par les agents de la Tcheka. Nous apprîmes qu'il avait été mis en cellule au quatrième étage de la prison et jeté par la fenêtre. On raconta qu'il s'était tué.

Elle soupira et alluma une nouvelle cigarette. Depuis la fin du souper, elle n'avait cessé de fumer.

— Pauvre papa, si doux et si bon, incapable de faire du mal !

» Ma mère m'a raconté qu'il ne lui avait jamais dit une parole dure. Parce qu'il s'était rapproché des bolcheviks, les gens cessèrent de nous aider. Ma mère se décida à partir pour Paris. Elle y avait des amis. Ils lui donnèrent des lettres de recommandation. J'entrai en apprentissage chez une couturière. Ma mère mourut parce qu'il n'y avait pas assez à manger pour deux : elle se privait pour que je n'eusse pas faim. La couturière me payait la moitié du salaire habituel parce que j'étais russe. Si les amis de ma mère, Alexëi et Eugénie, ne m'avaient pas donné un lit pour dormir, j'aurais crevé de faim, moi aussi. Alexëi jouait du violon dans l'orchestre d'un restaurant russe et Eugénie tenait le vestiaire des dames. Ils avaient trois enfants et nous vivions tous les six dans deux chambres. Alexëi était avocat, ancien élève de mon père à l'Université.

— Mais vous les avez encore ?

— Oui, je les ai encore. A présent, ils sont très pauvres. Voyez-vous, tout le monde en a assez des Russes, de leurs restaurants et de leurs orchestres. Depuis quatre ans, Alexëi n'a plus de place. Il s'est aigri et s'est mis à boire. Une des filles a été recueillie par une tante qui vit à Nice ; l'autre est domestique. Le fils fait le gigolo dans les dancings, à Montmartre ; il vient souvent ici. Je me demande même pourquoi il n'y est pas ce soir. Peut-être a-t-il été ramassé. Son père l'insulte et le bat quand il est saoul, mais les cent francs qu'il rapporte à la maison, quand il trouve un amateur, aident à faire bouillir la marmite. J'habite chez eux.

— Est-ce possible ?

— Il faut bien que j'habite quelque part. Je ne vais au Sérail que le soir et, quand les clients boudent, je ne rentre souvent pas avant quatre ou cinq heures. Mais c'est terriblement loin.

Ils se turent un instant.

— Pourquoi avez-vous dit, tout à l'heure, que vous n'aviez pas pleuré pour ce que je croyais ? demanda enfin Charley.

De nouveau, elle lui jeta un regard étonné et soupçonneux.

— Ne savez-vous vraiment pas qui je suis ? Je pensais que c'était pour ça que votre ami Simon m'avait fait venir.

— Il ne m'a rien dit, sauf que vous me feriez passer un bon moment.

— Je suis la femme de Robert Berger. C'est

pourquoi, bien que Russe, ils m'ont prise au Sérail. Ça intéresse les clients.

— Vous allez me trouver idiot, mais je vous avoue que je ne sais pas de quoi vous me parlez.

Lydia eut un rire sec.

— Voilà la gloire ! Une journée de voyage et le nom qui est sur toutes les lèvres ne signifie plus rien. Robert Berger a tué Teddie Jordan, un bookmaker anglais. Il a été condamné à quinze ans de travaux forcés. Il est à Saint-Laurent-du-Maroni, dans la Guyane française.

Elle parlait sur un ton très naturel. Charley n'en croyait pas ses oreilles. Il était stupéfait, horrifié et émoustillé.

— Vraiment, vous ne saviez pas ?

— Je vous en donne ma parole. A présent que vous en parlez, je me souviens d'avoir lu quelque chose à ce sujet dans les journaux de Londres. Ça a produit un certain effet, parce que la victime était un Anglais, mais j'avais oublié le nom du... de votre mari.

— En France aussi, ça a fait de l'effet. Le procès a duré trois jours. On se battait pour y assister. La première page des journaux en était pleine. On ne parlait que de ça. Oui, ça a fait de l'effet ! C'est là que j'ai vu votre ami Simon pour la première fois, ou, plutôt, qu'il m'a vue. Il représentait son journal et j'étais à la barre. C'était un procès passionnant, un « chopin » pour les journalistes. Parlez-en avec lui. Il est très fier de ses articles. Ils étaient remarquables. On en a traduit des passages pour les journaux français. Ça l'a mis en vedette.

Charley ne savait que dire. Il en voulait à

Simon. C'était trop fort de l'avoir fourré dans un pétrin pareil.

— Ça a dû être affreux pour vous, dit-il en hésitant.

Elle se retourna et le regarda dans les yeux. Charley, dont la vie avait été facile, n'avait jamais vu une expression d'aussi hideux désespoir. Un visage à peine humain, plutôt un de ces masques japonais suant l'épouvante. Il frissonna. Jusque-là, à cause de lui, Lydia avait surtout parlé anglais, sauf quand elle ne trouvait pas ses mots, mais, cette fois, elle continua en français. Son accent chantant donnait à cette langue une poignante mélancolie et, en même temps, nimbait son récit d'irréel. On eût dit d'une personne parlant en rêve :

— J'étais mariée depuis six mois. J'attendais un enfant. Peut-être est-ce ce qui a sauvé sa tête. Ça et sa jeunesse. Il n'avait que vingt-deux ans. Le bébé était mort-né. J'avais trop souffert. Voyez-vous, j'aimais Robert. Il est mon premier et mon dernier amour. Quand il a été condamné, on a voulu me faire divorcer. La déportation est une raison suffisante. Il paraît que les femmes des forçats divorcent toujours et l'on n'a pas compris mon refus. Son avocat a été très bon. Il a dit que j'avais fait tout ce que j'avais pu et que j'en avais vu de dures, car j'ai voulu rester avec lui jusqu'à la fin. A présent, il fallait penser à moi, j'étais jeune et je devais refaire ma vie. Ce serait encore plus difficile si je restais liée à un forçat. Cette tête qu'il faisait quand je disais que j'aimais Robert, que rien d'autre au monde ne comptait pour moi et que, quoi qu'il fît, je l'aimerais ! Si jamais je pouvais le rejoindre et s'il s'en souciait, je partirais, et avec joie ! Il a haussé les épaules et a dit : « Rien à faire avec ces Russes ! », mais, si je changeais d'avis, je pouvais venir le trouver et il m'aiderait à divorcer. Et Eugénie, et Alexëi, ce pauvre pochard d'Alexëi, ne me laissaient pas de repos. A les entendre, Robert était une canaille, un perverti, c'était dégoûtant de l'aimer. Comme si l'on pouvait s'empêcher d'aimer parce que c'est dégoûtant ! C'est facile de traiter un homme de canaille. Qu'est-ce que cela signifie ? Il a tué et il a souffert pour son crime. Personne ne le connaissait aussi bien que moi. Vous comprenez, il m'aimait. Ils ne savaient pas combien il était tendre, charmant, gai, gamin. Ils avaient beau dire qu'il avait failli me tuer comme Jordan, ils ne voyaient pas que je l'en aimais davantage.

Charley, qui ignorait tout de cette histoire, ne comprit pas.

— Pourquoi vous aurait-il tuée ? demanda-t-il.

— Quand il est rentré, après avoir assassiné Jordan, il était très tard et j'étais couchée, mais sa mère l'attendait. Nous habitions chez elle. Il paraissait de très bonne humeur, mais, en le regardant, elle a vu tout de suite qu'il venait de faire quelque chose d'énorme. Depuis des semaines, elle s'y attendait et elle était folle d'anxiété.

» — Où as-tu été tout ce temps ? lui a-t-elle demandé.

» — Moi ? Nulle part ! Voir les copains...

» Il a étouffé un rire et lui a tapoté la joue.

» — C'est si facile de tuer un homme, maman, a-t-il dit. C'est ridicule ce que c'est facile.

» Alors, elle a compris et elle a éclaté en sanglots.

» — Ta pauvre femme ! Oh ! quelle peine elle va avoir !

» Il a baissé les yeux et il a soupiré :

» — Peut-être vaudrait-il mieux la tuer aussi.

» — Robert !

» Il a hoché la tête.

» — Ne crains rien, je n'aurai pas le courage. Et pourtant, sans la réveiller, elle ne saurait rien.

» — Mon Dieu ! pourquoi as-tu fait ça ! a-t-elle crié.

» Il a encore ri. Son rire était contagieux. Il déridait tout le monde.

» — Ne t'affole pas, maman, c'est une blague. Je n'ai rien fait du tout. Couche-toi et dors.

» Elle savait qu'il mentait. Mais il n'a plus rien voulu dire. Enfin, elle est allée dans sa chambre. Nous avions une petite maison à Neuilly, avec un jardinet et, au bout, un pavillon. A notre mariage, elle nous avait laissé la maison et s'était installée là pour rester près de son fils sans être sur notre dos. Robert est monté dans notre chambre et m'a éveillée d'un baiser sur les lèvres. Ses yeux rayonnaient. Ils étaient bleus, pas si bleus que les vôtres, plutôt gris, mais très grands et très vifs. Ils souriaient presque toujours.

Lydia parlait de plus en plus lentement, comme si, tout en racontant, une pensée lui était venue. Elle regarda Charley avec une expression bizarre.

— Vous avez un peu ses yeux, la même forme de visage. Il n'était pas si grand que vous et il n'avait pas votre teint d'Anglais. Il était très beau.

Elle se tut un instant.

— Quelle rosse que votre Simon !

— Pourquoi ?

— Pour rien !

Les coudes sur la table, les joues dans les mains, elle poursuivit d'une voix blanche, comme en état d'hypnose.

— Je souris quand je m'éveillai.

» — Comme il est tard ! ai-je dit. Viens vite te coucher.

» — Je ne pourrai pas dormir, a-t-il répondu. Je suis trop énervé. J'ai faim. Est-ce qu'il y a des œufs à la cuisine ?

» A présent, j'étais tout à fait réveillée. Il était charmant, assis sur le bord du lit, dans son costume gris neuf. Il était toujours bien habillé, et quel chic ! Ses longs cheveux brun foncé, ondulés et rejetés en arrière, étaient épatants.

» — Je passe mon peignoir et nous irons voir, ai-je dit.

» Nous sommes descendus à la cuisine et j'ai trouvé des œufs et des oignons. J'ai fait frire les oignons et je les ai mélangés avec les œufs. J'ai grillé du pain. Quelquefois, en rentrant du théâtre ou du concert, nous mangions quelque chose. Il adorait les œufs brouillés aux oignons et je les faisais juste à son goût. Nous aimions nos petits soupers, seuls dans la cuisine. Il est allé à la cave et a rapporté une bouteille de champagne. Je savais que sa mère ne serait pas contente, c'était la dernière de la demi-douzaine qu'un ami du turf avait offerte à Robert, mais il a dit qu'il avait envie de champagne et a fait sauter le bouchon. Il s'est jeté sur les œufs et il a vidé son verre d'un trait. Il paraissait d'excellente humeur. En arrivant dans la cuisine, il était pâle, mais ses yeux brillaient et, si ça avait été son genre, j'aurais cru qu'il avait bu. A présent, ses joues reprenaient leurs couleurs. « Il est fatigué et il a faim », me suis-je dit. Il avait traîné dehors toute la journée, j'en étais sûre, peut-être sans rien à se mettre sous la dent. Nous n'avions été séparés que quelques heures, mais il était fou de joie de me retrouver. Il n'arrêtait pas de m'embrasser et, pendant que je battais les œufs, j'ai dû le repousser parce qu'il allait trop loin et que j'avais peur pour mon plat. Je ne pouvais m'empêcher de rire. Nous étions assis à la table de la cuisine, serrés l'un contre l'autre. Il me disait les mots les plus tendres, ses mains étaient tout le temps sur moi. On aurait dit que nous étions mariés depuis une semaine. Quand nous avons eu fini, j'ai voulu tout laver pour que sa mère ne trouve pas de désordre le matin, mais il m'en a empêchée. Il avait hâte de se coucher.

» Il était comme possédé. Je n'avais jamais cru qu'un homme pût aimer une femme comme il m'a aimée cette nuit-là, et qu'une femme pût être capable d'une pareille adoration. Il était insatiable. Impossible de l'apaiser. Personne n'a jamais eu un amant aussi admirable que moi cette nuit-là. Et il était mon mari, mon mari à moi ! Je l'adorais ! S'il m'avait laissée faire, je lui aurais baisé les pieds. Quand, enfin, il tomba endormi, l'aurore se glissait par une fente des rideaux. Mais je n'ai pas pu dormir. Comme le jour s'affirmait, je regardai son visage : un vrai gosse. Il dormait en me tenant dans ses bras, un sourire sur les lèvres. Je m'endormis aussi. Je m'éveillai avant lui et me levai très doucement pour ne pas le déranger. J'entrai à la cuisine pour faire son café. Nous étions très pauvres. Robert avait travaillé chez un courtier, mais il s'était disputé avec son patron et il était parti en claquant la porte. Depuis, il n'avait pas retrouvé de situation stable. Il était fou des courses et il lui arrivait de gagner. Sa mère détestait ça. Parfois, une commission lui tombait du ciel, pour la vente d'une voiture d'occasion ; mais nous ne pouvions vraiment compter que sur la pension de Mme Berger, veuve d'un médecin militaire, et sur les quelques sous qu'elle possédait. Nous n'avions pas de bonne et je faisais le ménage avec ma belle-mère. Je la trouvai dans la cuisine, pelant des pommes de terre.

» — Comment va Robert ? demanda-t-elle.

» — Il dort encore. Si vous le voyiez ! Avec ses cheveux ébouriffés, il a l'air d'avoir seize ans.

» Le café était sur le feu et le lait déjà chaud. Je le fis bouillir et en bus une tasse, puis je montai à pas de loup pour prendre les vêtements de Robert. J'avais appris à les repasser et il y tenait beaucoup. Je voulais qu'à son réveil ils fussent tout prêts sur une chaise, à côté de son lit. Je les ai descendus dans la cuisine, je les ai brossés et j'ai mis un fer à chauffer.

» Quand j'ai étalé le pantalon sur la table de cuisine, j'ai vu des taches sur une des jambes.

» — Qu'est-ce que c'est que ça ? me suis-je écriée. Robert a mis son pantalon dans un état !

» Mme Berger s'est levée si vite qu'elle a renversé les pommes de terre. Elle s'est jetée sur le pantalon et l'a examiné.

» Elle a commencé à trembler.

» — Je me demande ce que c'est, ai-je dit. Robert sera furieux. Son costume neuf!

» Elle était bouleversée. Les Français sont drôles, ils ne prennent pas les choses avec légèreté comme nous, les Russes. Robert avait payé ce costume un prix fou et, s'il était abîmé, elle n'en dormirait pas de la semaine.

» — Ça partira, dis-je.

» — Portez son café à Robert, dit-elle sèchement. A onze heures passées, il peut bien se réveiller. Laissez-moi le pantalon. Je vois ce que c'est.

» J'ai rempli une tasse et j'allais la monter quand nous avons entendu Robert qui descendait, en traînant ses savates. Il s'est incliné devant sa mère et a demandé le journal.

» — Bois ton café pendant qu'il est chaud, ai-je dit.

» Il n'a fait aucune attention à moi. Il a ouvert le journal aux dernières nouvelles.

» — Il n'y a rien, a dit la mère.

» Je ne comprenais pas. Il a parcouru les colonnes, puis il a bu une longue gorgée de café. Il gardait un silence inusité. J'ai commencé à brosser son veston.

» — Tu as bien arrangé ton pantalon, hier soir, ai-je dit. Aujourd'hui, il faudra mettre ton costume bleu.

» Mme Berger avait mis le pantalon sur le dos d'une chaise. Elle lui a montré les taches. Il les a regardées au moins pendant une minute. Sa mère l'observait. Je ne m'expliquais pas leur silence. Je croyais qu'ils prenaient au tragique un accident insignifiant. Ces Français, ils ont l'économie dans le sang.

» — Nous avons de l'essence dans la maison, dis-je, les taches partiront. Sans ça, il y a le teinturier.

» Ils ne répondirent pas. Robert baissa les yeux. Sa mère retourna le pantalon, sans doute pour voir s'il y avait des taches sur le fond et alors, je crois, elle sentit quelque chose dans les poches.

» — Qu'as-tu là ?

» Il bondit.

» — Laisse ça tranquille. Je n'aime pas qu'on fouille dans mes poches.

» Il a essayé de lui arracher le pantalon, mais elle avait déjà glissé sa main dans la poche de derrière et retiré une liasse de billets de banque. Il s'est arrêté net. Elle a laissé tomber le pantalon et, avec un gémissement, elle a porté les mains à son cœur comme si on l'avait poignardée. Ils étaient pâles comme des morts. Une idée m'est venue. Robert m'avait dit souvent que sa mère devait avoir un petit magot caché dans la maison. Depuis un certain temps, nous étions terriblement à court. Robert avait une envie folle d'aller dans le Midi ; je n'y avais jamais été et il disait que, s'il pouvait réunir quelques sous, nous irions faire enfin notre voyage de noces là-bas.

» Voyez-vous, au moment de notre mariage, il était bouclé chez ce courtier. La pensée qu'il avait trouvé l'argent de sa mère m'a traversé l'esprit. J'ai rougi jusqu'à la racine des cheveux à l'idée qu'il avait volé et, pourtant, je n'étais pas très étonnée. Je n'avais pas vécu avec lui six mois sans savoir qu'il ne verrait là qu'une bonne blague. C'étaient des billets de mille francs qu'elle tenait. Plus tard, j'ai appris qu'il y en avait sept. Elle le regardait, les yeux hors de la tête.

» — Comment as-tu eu ça, Robert ?

» Il a ri, mais j'ai vu qu'il était nerveux.

» — Hier, je n'ai pas perdu ma journée à Longchamp.

» — Oh ! Robert, me suis-je écriée, tu avais promis à ta mère de ne plus jouer aux courses !

» — C'était une certitude, a-t-il dit, je n'ai pas pu résister. Nous irons dans le Midi, chérie. Prends-les et garde-les ou ils vont me filer entre les doigts.

» — Jamais de la vie, a crié Mme Berger.

» Elle a regardé Robert avec horreur et elle s'est tournée vers moi.

» — Allez faire votre chambre. Je n'aime pas que tout reste en pagaïe jusqu'au soir.

» Elle cherchait à se débarrasser de moi et, en cas de dispute, j'aimais autant m'éclipser. La position de belle-fille est délicate. Elle adorait Robert, mais il était dépensier et elle n'en dormait pas. De temps en temps, il y avait une scène. Ils s'enfermaient dans le pavillon au bout du jardin et j'entendais des éclats de voix. Il en revenait boudeur et irritable et elle avait les yeux rouges. Quand je suis redescendue, ils se sont interrompus brusquement et Mme Berger m'a envoyée acheter des œufs. En général, Robert sortait vers midi et il ne rentrait que le soir, souvent très tard, mais, ce jour-là, il est resté. Il a lu et joué du piano. Je lui ai demandé ce qui s'était passé entre sa mère et lui, mais il m'a dit de me mêler de mes affaires.

» Ils n'ont pas échangé deux mots dans toute la journée. Le temps m'a semblé interminable. Une fois au lit, je me suis pelotonnée contre Robert et j'ai mis mon bras autour de son cou pour le consoler, mais il m'a repoussée.

» — Ah ! non, laisse-moi tranquille. Je ne suis pas d'humeur à ça, ce soir. J'ai d'autres chats à fouetter.

» J'étais mortifiée, mais je n'ai rien dit. Je me suis écartée de lui. Il savait qu'il m'avait froissée et bientôt il m'a caressé la joue.

» — Dors, mon amour. Ne te frappe pas si je suis de mauvais poil. J'ai trop bu hier. Demain, je serai retapé.

» — Était-ce l'argent de ta mère ? ai-je chuchoté.

» Il a tardé à répondre.

» — Oui, a-t-il dit enfin.

» — Oh ! Robert, comment as-tu pu ?

» Il a encore hésité. J'ai commencé à pleurer.

» — Si on t'interroge, tu ne m'as jamais vu avec l'argent. Tu n'as jamais su que j'en avais.

» — Comment, tu me crois capable de te trahir ?

» — Et le pantalon. Maman n'a pas pu enlever les taches. Elle l'a jeté.

» Je me rappelai soudain que, l'après-midi, j'avais senti une odeur de brûlé, pendant que Robert jouait et que j'étais assise auprès de lui. Je m'étais levée pour aller voir ce que c'était.

» — Bouge pas, avait-il dit.

» — Mais quelque chose brûle dans la cuisine.

» — Maman a dû jeter au feu de vieux chiffons. Elle est comme un crin. Si tu la déranges, gare à toi !

» Je savais bien que ce n'étaient pas des vieux chiffons. Elle n'avait pas jeté le pantalon, elle l'avait brûlé. J'ai commencé à crever de peur. Il m'a pris la main.

» — Si on t'en parle, tu diras que je l'avais tellement esquinté en nettoyant une voiture qu'il a fallu s'en débarrasser. Ma mère l'a donné avant-hier à un pauvre. Tu me le jures ?

» — Oui, ai-je répondu, mais je pouvais à peine parler.

» Alors, il a dit une chose terrifiante :

» — Il y va de ma tête, tu sais...

» J'étais trop affolée pour parler. Le sang me battait aux tempes comme si mon crâne allait sauter. De la nuit, je n'ai pu fermer l'œil. Robert était agité, même dans son sommeil, et se retournait tout le temps. Nous sommes descendus de bonne heure, mais ma belle-mère était déjà dans la cuisine. En général, elle s'habillait très convenablement et, quand elle sortait, elle avait même du chic. Veuve de médecin et fille d'officier d'état-major, elle ne voulait pas déroger, quitte à se priver de tout, pour tenir la façade devant d'anciens amis de garnison. Alors, les cheveux ondulés et les mains faites, du rouge plein les joues, elle ne portait pas plus de quarante ans, mais ce matin-là, pas coiffée, sans maquillage, on l'aurait prise pour une vieille entremetteuse retirée. Elle n'a pas dit bonjour à Robert. Sans un mot, elle lui a tendu le journal. Pendant qu'il lisait, j'ai vu son expression changer. Il a senti mon regard et a levé les yeux. Il a souri.

» — Alors, ma gosse, et ce café ? Vas-tu rester là toute la matinée à regarder ton homme au lieu de t'occuper de lui ?

» Il y avait sûrement dans ce journal ce que je voulais savoir.

» Robert a fini de déjeuner et est monté s'habiller. Quand il est redescendu, prêt à sortir, j'ai eu un coup, car il portait le fameux veston gris clair et le pantalon qui allait avec. Mais je me suis rappelé qu'il en avait commandé deux. Il y avait eu une longue discussion à ce sujet. Mme Berger avait ronchonné à cause de la dépense, mais il avait dit qu'il ne pourrait pas trouver de situation sans être convenablement habillé et elle avait cédé, comme toujours, en l'obligeant même à commander un second pantalon. Le pantalon s'abîmait toujours le premier et, pour finir, ce serait une économie. Robert est parti, en disant qu'il ne reviendrait pas déjeuner. Ma belle-mère est allée faire son marché et j'ai sauté sur le journal. J'ai vu qu'un bookmaker anglais, un certain Teddie Jordan, avait été trouvé mort dans son appartement, poignardé dans le dos. J'avais souvent entendu Robert parler de lui : il l'avait tué. J'ai reçu un tel coup au cœur que j'ai cru mourir. Je ne sais pas combien de temps je suis restée là, sans bouger. Enfin, j'ai entendu une clef dans la serrure. C'était Mme Berger. J'ai remis le journal où elle l'avait laissé et j'ai repris mon travail.

Lydia soupira. Ils étaient arrivés au restaurant vers une heure et, à deux heures, ils avaient à peine fini de souper.

Au début, la salle était pleine et on se bousculait au bar. Peu à peu, les gens étaient partis. Deux personnes s'attardaient. Sauf celle de Lydia et Charley, il n'y avait plus qu'une table occupée.

Il demanda l'addition.

— Où va-t-on à présent ?

— A Montmartre. Graaf est ouvert toute la nuit. Mais je suis éreintée.

— Si vous voulez, je vais vous ramener chez vous.

— Chez Alexëi et Eugénie ? Pas ce soir. Il sera saoul. Il va engueuler Eugénie toute la nuit à cause des enfants et pleurer sur lui-même. Le Sérail me dégoûte. Plutôt Graaf. Au moins, il y fait chaud.

Elle semblait tellement à bout que Charley, en hésitant, lui fit une proposition. Simon lui avait dit qu'il pouvait ramener n'importe qui à l'hôtel.

— Écoutez, j'ai deux lits dans ma chambre. Pourquoi ne rentreriez-vous pas avec moi ?

Elle eut un regard soupçonneux, mais il hocha la tête en souriant.

— Oh ! seulement pour dormir, ajouta-t-il. J'ai voyagé aujourd'hui, et avec le changement et le reste, je suis plutôt vanné.

— Bon.

Aucun taxi ne passait, mais l'hôtel n'était pas loin, et ils s'y rendirent à pied. Le portier de nuit, les yeux bouffis de sommeil, les fit monter en ascenseur. Lydia ôta son chapeau. Son front était large et blanc. Charley n'avait pas encore vu ses cheveux. Ils étaient châtain clair et courts, frisés sur la nuque. Elle ôta ses souliers et se glissa hors de sa robe. Quand Charley, en pyjama, sortit de la salle de bains, elle était déjà endormie. Il s'installa dans l'autre lit et éteignit. Ils n'avaient pas échangé un mot depuis leur sortie du restaurant.

C'est ainsi que Charley passa sa première nuit à Paris.

IV

Il s'éveilla tard. Un moment, il se demanda où il était. Alors, il aperçut Lydia. Ils n'avaient pas tiré les rideaux, et une lumière grise filtrait à travers les persiennes. Avec son mobilier de pitchpin, la chambre paraissait minable. Couchée sur le dos, les yeux ouverts, Lydia contemplait le plafond sale. Charley consulta sa montre. Cette femme étrange dans l'autre lit l'intimidait.

— Il est presque midi, dit-il. Prenons une tasse de café et je vous emmènerai déjeuner.

Elle le regarda avec des yeux graves, mais non sans douceur.

— Je vous ai vu dormir. Vous dormiez comme un enfant. Et avec une telle expression d'innocence sur la figure ! Ça m'a émue.

— Ma figure a surtout besoin d'être rasée, dit-il.

Il commanda le café par téléphone. La grosse femme de chambre jeta un coup d'œil sur Lydia, mais son regard atone n'exprima rien. Charley fuma sa pipe et Lydia plusieurs cigarettes. Ils parlèrent peu. Charley était embarrassé. Lydia semblait perdue dans ses pensées. Il passa à côté pour se raser et prendre un bain. Quand il revint, il trouva Lydia dans sa robe de chambre à lui, assise à la fenêtre qui donnait sur la cour. Il n'y avait rien d'autre à voir que les fenêtres des chambres d'en face. Par ce blême matin de Noël, c'était d'une tristesse indicible. Elle se tourna vers lui.

— Si on déjeunait ici, au lieu de sortir ?

— Pourquoi pas ?

Il ne pouvait nier l'intérêt de l'expérience, mais était-il venu à Paris pour cela ? Il regarda autour de lui. Les lits n'étaient pas faits ; le chapeau de Lydia, sa jupe et sa veste, ses bas, ses souliers gisaient épars. Ses autres vêtements s'empilaient en désordre sur une chaise.

— Cet endroit n'a rien de folichon, dit-il. Ça ne va pas être drôle de déjeuner là-dedans.

— Qu'est-ce que ça fait ? répondit-elle en riant pour la première fois. Mais si ça dérange votre sens anglais du décorum, je vais faire les lits, ou la femme de chambre les fera pendant que je prendrai mon bain.

Elle passa dans la salle de bains et Charley commanda par téléphone des œufs, de la viande, du fromage, des fruits et une bouteille de vin. Puis, il sonna la femme de chambre. La pièce était chauffée, mais il y avait une cheminée, et du feu donnerait de la gaieté. La femme de chambre alla chercher du bois et il s'habilla. Pendant qu'elle mettait de l'ordre, il s'assit et regarda la cour sinistre. Il regrettait amèrement la joyeuse réunion des Terry-Mason. A présent, on prenait un verre de sherry avant de se mettre à table pour le déjeuner de Noël, avec la dinde et le pudding. Comme ils devaient tous s'amuser, heureux de leurs cadeaux ! Lydia revint. Elle n'était pas maquillée, mais ses cheveux étaient bien brossés, le gonflement de ses paupières avait disparu et elle paraissait jeune et jolie. D'ailleurs, sa beauté n'avait rien de troublant et Charley, pourtant inflammable, la vit entrer sans la moindre émotion.

— Tiens, vous êtes habillé ? dit-elle. Alors je peux garder votre robe de chambre. Passez-moi vos pantoufles. Je vais flotter dedans. Ça ne fait rien.

La robe de chambre de Charley, en soie bleue imprimée, cadeau de sa mère pour sa fête, était beaucoup trop longue pour Lydia, mais elle s'y drapait avec adresse. Le feu lui fit plaisir ; elle s'enfonça dans le fauteuil offert par Charley et fuma une cigarette. Elle paraissait trouver la situation très naturelle. On aurait dit qu'elle avait toujours connu Charley. De toute évidence, elle n'envisageait même plus qu'il pût la désirer. Rien n'aurait pu le refroidir davantage. L'appétit de Lydia le surprit. Après les confidences de la veille, il l'aurait crue trop bouleversée pour manger autrement que du bout des lèvres, et sa sensibilité romantique reçut un coup en la voyant dévorer comme lui, et avec une évidente satisfaction.

Ils prenaient leur café quand le téléphone sonna. C'était Simon.

— Charley, tu viens bavarder un peu ?

— Je suis désolé. En ce moment, impossible.

— Pourquoi ? demanda sèchement Simon.

C'était bien Simon, cette prétention de faire tout lâcher pour lui. Contrariait-on la moindre de ses fantaisies, cela prenait tout de suite des proportions exagérées.

— Lydia est ici.

— Qui diable est Lydia ?

Charley hésita.

— Eh bien, la princesse Olga !

Il y eut un silence. Simon éclata d'un rire dur.

— Félicitations, mon cher. Je savais que ça collerait. Enfin, quand tu auras un moment à perdre avec un vieux copain, préviens-moi.

Il raccrocha. Quand Charley se retourna vers Lydia, elle regardait fixement le feu. Elle paraissait n'avoir rien entendu. Charley repoussa la petite table où ils avaient déjeuné et se cala le mieux qu'il put dans un fauteuil peu profond. Lydia remit une bûche sur le feu. L'intimité de ce geste ne déplut pas à Charley. Elle s'installait comme un jeune chien qui tourne deux ou trois fois sur un coussin et, une fois le creux fait, s'y pelotonne. Ils passèrent là tout l'après-midi. La lumière sans joie de ce jour d'hiver baissa peu à peu et il ne resta que la clarté du feu. En face, dans les chambres, des lumières s'allumaient et les croisées ternes, sans rideaux, prenaient un faux air de mystère comme les fenêtres éclairées d'une rue de théâtre. Mais elles ne semblaient pas à Charley plus irréelles que la situation où il se trouvait, assis dans cette chambre banale, à la lueur vacillante du feu, pendant que l'étrangère racontait sa terrible histoire. S'était-elle seulement demandé s'il se souciait de recevoir ses confidences et s'il n'avait pas autre chose à faire ?

Recherchait-elle sa sympathie? Il n'en était même pas sûr. Elle ne savait rien de lui et ne désirait rien en savoir. Elle le trouvait commode, voilà tout, et il fallait une bonne dose d'humour pour supporter cette indifférence. Vers le soir, elle cessa de parler et, bientôt, à sa respiration calme, Charley comprit qu'elle dormait. Il se leva, tout ankylosé, alla à la fenêtre sur la pointe des pieds, par crainte de la réveiller, et s'assit pour regarder dans la cour. Parfois, une ombre glissait derrière les fenêtres éclairées; une vieille femme arrosait un pot de fleurs; un homme en manches de chemise lisait, vautré sur son lit. Qui étaient ces gens? Sans doute des petits-bourgeois, car l'hôtel était bon marché et le quartier ordinaire, mais, vus ainsi, derrière les vitres, comme dans un kaléidoscope, ils faisaient penser à des marionnettes. Comment connaître le fond de leur nature et les passions, les crimes cachés sous leur apparence banale? Dans certaines chambres, les rideaux étaient fermés et seul un filet de lumière révélait une présence. D'autres fenêtres demeuraient noires. Les chambres n'étaient pas inhabitées, car l'hôtel était plein, mais les occupants étaient sortis. Pour quelles courses mystérieuses? Dans son énervement, Charley fut pris d'horreur pour ces inconnus. Sous le calme de la façade, il pressentait des intrigues compliquées et monstrueuses.

Les sourcils froncés, il réfléchissait aux infortunes dont le récit avait rempli son après-midi. La vie misérable de Lydia chez sa couturière et son enfance de pauvresse à Londres; les journées déchirantes après le meurtre; la terreur de l'arrestation et les affres du procès. Jusqu'ici, Charley ne connaissait le crime et la misère qu'à travers les romans policiers et les journaux et, soudain, il se trouvait en contact direct avec quelqu'un qui venait de vivre tout cela. Il se rappela un tableau de Manet, une exécution — celle de Maximilien — par un peloton de soldats. Ce tableau l'avait toujours frappé. A présent, il comprenait que le sujet évoquait la réalité. L'empereur s'était vraiment trouvé là et, quand les soldats avaient levé leurs armes, il avait dû lui sembler incroyable d'être au poteau, prêt à tomber sous leurs balles.

Après avoir écouté Lydia la nuit dernière et toute la journée, avoir mangé et dansé avec elle, après tant d'heures passées l'un près de l'autre, il ne pouvait imaginer qu'elle eût connu des heures pareilles.

C'était par hasard que Lydia et Robert Berger s'étaient rencontrés. Grâce à ses amis, employés dans un restaurant russe, Lydia recevait parfois un billet de concert. Quand elle ne l'obtenait pas et qu'elle désirait beaucoup y assister, elle rognait sur sa paye le prix d'une place de promenoir. C'était sa seule folie et sa seule distraction. Elle aimait surtout la musique russe. En l'écoutant, elle rejoignait le cœur de cette patrie inconnue dont la nostalgie la poursuivait. Elle ne voyait la Russie qu'à travers les récits de son père et de sa mère, les souvenirs d'Eugénie et d'Alexëi et les romans. Les harmonies de Rimsky-Korsakov et de Glazounov, les truculences de Stravinski prêtaient à ses impressions forme et substance. Ces mélodies sauvages, ces rythmes saccadés, si étrangers à l'Europe, l'arrachaient à elle-même, à son existence sordide et gonflaient son cœur d'un tel amour pour sa terre natale que des larmes bienfaisantes roulaient sur ses joues. Mais ces images, nées de récits et d'une fantaisie échevelée, ne répondaient nullement à la réalité. Le Kremlin, avec ses dômes dorés, parsemés d'étoiles, la place Rouge et le Kitai Gorod devenaient le cadre d'un conte de fées. Pour elle, le prince André et la charmante Natacha continuaient à faire leurs courses dans les rues grouillantes de Moscou ; Dimitri Karamazov, après une nuit folle avec les bohémiennes, rencontrait encore le suave Aliocha sur le pont de Motbaretsk. Dans leur traîneau, le marchand Rogozhin et Natasia Filippovna glissaient sur la neige, et la ronde des fantoches de Tchekhov rappelait le tournoiement des feuilles mortes dans les allées du jardin d'Été et de la perspective Nevski, aux noms magiques. Anna Karénine roulait toujours dans sa voiture. Moulé dans son uniforme neuf, Vronsky montait les degrés des palais du canal Fontanka, et le bâtard Raskolnikov arpentait le Liteiny. Emportée par l'ardeur de cette musique évocatrice, elle voyait, à travers Tourguéniev, les maisons de campagne délabrées où ils s'épanchaient dans la nuit parfumée, et les marais endormis sous l'air immobile de l'aube où ils chassaient le canard sauvage. A travers Gorki, les villages misérables aux beuveries effrénées, aux amours brutales et meurtrières ; les flots bourbeux de la Volga, les steppes sans fin du Caucase et de la Crimée luxuriante. Pleine de désir, de regret pour une vie passée à jamais, accablée par la nostalgie de la patrie inconnue, étrangère dans un monde hostile, elle s'incorporait alors au grand peuple mystérieux. Elle avait beau parler incorrectement la langue de sa patrie, elle était russe, elle aimait la Russie. A de pareils moments, elle se sentait de là-bas et comprenait son père, reparti malgré les avertissements et le risque de mort.

A un de ces concerts de musique entièrement russe, elle se trouva debout à côté d'un jeune homme qui la regardait avec curiosité. Quand elle leva les yeux vers lui, elle fut frappée par son air d'attention passionnée. Il écoutait, les mains jointes, la bouche entrouverte. Il avait de beaux traits et paraissait bien élevé. Lydia ne lui jeta qu'un coup d'œil et retourna à la musique et à ses rêves. Elle tressaillit quand une main, petite et douce, prit la sienne et la serra. Elle se dégagea vivement. C'était le dernier morceau avant l'entracte. L'inconnu se tourna vers elle. Sous d'épais sourcils, ses yeux gris rayonnaient d'une douceur étrange.

— Vous pleurez, mademoiselle ?

Elle l'avait cru russe, comme elle, mais son accent était purement français. Sa pression de main avait été une marque de sympathie instinctive. Elle le comprit et en fut troublée.

— Pas parce que je suis malheureuse, répondit-elle en souriant.

Il sourit aussi, et son sourire était charmant.

— Je sais. Cette musique russe, ça vous grise et, pourtant, ça vous déchire le cœur.

— Mais vous êtes français. Qu'est-ce que ça peut représenter pour vous ?

— Oui. Je suis français. Je ne sais pas ce que ça représente pour moi. C'est la seule musique

que j'aie envie d'entendre. Elle exprime la puissance et la passion, le sang, la destruction. Elle fait vibrer tous mes nerfs. Parfois, en l'écoutant, je sens que rien ne m'est impossible.

Elle ne répondit pas. Selon les gens, la même musique exprimait donc des choses si différentes? Pour elle, ces harmonies à peine évanouies disaient la tragédie de la destinée humaine, la vanité de lutter contre le sort; la joie, la paix de l'humilité et de la résignation.

— Viendrez-vous au concert de la semaine prochaine? demanda-t-il. Il sera encore entièrement russe.

— Je ne crois pas.

— Pourquoi?

Il était très jeune, à peu près de son âge, et son air de candeur empêcha Lydia de répondre trop sèchement à une question indiscrète. Quelque chose dans son attitude montrait qu'il ne cherchait pas une aventure. Elle sourit.

— Je ne suis pas millionnaire. Les millionnaires sont rares à présent, vous savez, chez les Russes.

— Je connais les organisateurs. J'ai deux billets de faveur. Si vous voulez me retrouver à la porte dimanche prochain, vous entrerez avec moi.

— Je ne sais pas si je peux faire ça.

— Cela vous paraît compromettant? dit-il en souriant. La foule sera un chaperon suffisant.

— Je travaille chez une couturière : il serait difficile de me compromettre, mais je ne vous connais pas du tout.

— Je suis sûr que vous êtes une jeune personne très bien élevée. Mais ne vous encombrez donc pas de pareils préjugés.

Elle ne voulut pas discuter.

— Eh bien ! nous verrons. En tout cas, merci de la proposition.

Ils parlèrent d'autre chose jusqu'au moment où le chef d'orchestre leva son bâton. A la fin du concert, il se tourna vers elle.

— Alors, à dimanche !

— Peut-être. Ne m'attendez pas.

Ils se perdirent dans la foule qui se hâtait vers les sorties.

Pendant la semaine, elle pensa au bel inconnu aux grands yeux gris. Elle y pensa avec plaisir. Elle n'était pas arrivée à son âge sans avoir eu à repousser des avances. Alexëi et son fils, le gigolo, avaient tous les deux cherché à l'avoir, mais elle s'en était débarrassée sans peine. Une bonne gifle sur l'oreille avait fait comprendre à l'ivrogne pleurnichard l'inutilité de ses tentatives et un heureux dosage de moquerie et de franc-parler avait calmé le fils. Des hommes essayaient parfois de l'accoster, mais elle était toujours trop fatiguée et souvent trop affamée pour les écouter. Seule, une table bien garnie aurait pu la tenter. A cette idée, elle riait avec amertume. Son instinct de femme devinait autre chose chez le jeune mélomane. Il ne devait pas perdre une occasion de s'amuser, mais cette pensée était loin de lui quand il lui avait offert de l'emmener au concert. Elle ne comptait pas profiter de cette invitation. Pourtant elle était touchée. Son air candide et ouvert inspirait confiance. Elle regarda le programme. On donnerait la *Symphonie pathétique* — elle ne l'aimait guère, Tchaïkovski lui semblait trop européen — mais aussi *le Sacre du printemps*, ainsi que le *Quatuor à cordes* de Borodine. Fallait-il prendre cette invitation au sérieux ? Il pouvait l'avoir faite sous l'impulsion du moment et, une demi-heure plus tard, l'avoir oubliée. Quand arriva le dimanche, elle eut une vague envie d'aller voir. Le concert ne l'intéressait pas beaucoup et il ne lui restait pas un sou de trop pour son métro et ses déjeuners pendant la semaine ; elle avait dû donner tout le reste de sa paye à Eugénie pour faire marcher la maison. S'il n'était pas là, tant pis, et s'il y était avec des billets de faveur, après tout, il n'aurait rien à payer.

Pour finir, elle se sentit poussée vers la salle Pleyel.

Il était où il avait dit. Ses yeux s'éclairèrent et il lui serra la main comme à une vieille amie.

— Je suis si content de vous voir, dit-il. Voilà vingt minutes que j'attends. J'avais tellement peur de vous manquer.

Elle rougit et sourit. Ils entrèrent dans la salle et elle s'aperçut qu'il avait des places au cinquième rang.

— On vous les a données ? demanda-t-elle, surprise.

— Non, je les ai achetées. C'est plus agréable d'être bien installés.

— Quelle folie ! je suis si habituée à rester debout.

Mais cette générosité l'avait flattée, et quand il prit sa main, elle ne la retira pas. Pourquoi lui refuser ce plaisir qui, à elle, coûtait si peu ? Elle lui devait bien cela. Pendant l'entracte, il lui dit son nom : Robert Berger. Il habitait avec sa mère à Neuilly et travaillait chez un courtier. Il s'exprimait avec correction et vivacité. Ses yeux brillants, son visage mobile révélaient une nature ardente. Ils revinrent par les Champs-Élysées et il lui proposa de prendre du thé. Pour Lydia, c'était un luxe nouveau de se trouver dans un tea-room élégant. L'odeur appétissante des gâteaux, le parfum des femmes, cette température de serre, les fauteuils confortables, le bruit des conversations lui montaient à la tête. Lydia parla d'elle, de son père et de sa fin tragique, raconta comment elle avait vécu et comment elle gagnait son pain. Il paraissait avoir autant de plaisir à l'écouter qu'à s'épancher. La sympathie adoucissait son regard. Quand elle dut partir, il lui proposa d'aller un soir au cinéma. Elle secoua la tête.

— Pourquoi pas ?

— Vous êtes riche, et...

— Oh ! non. Loin de là. En dehors de sa pension, ma mère n'a pas grand-chose et je n'ai que le peu que je gagne.

— Alors, il ne faut pas prendre le thé dans des endroits aussi chics. D'ailleurs, je ne suis qu'une ouvrière. Vous avez été très gentil, mais je ne veux pas accepter quelque chose de vous quand je n'ai rien à vous offrir en échange.

— Mais je ne demande rien. Vous me plaisez. Je suis content d'être avec vous. Dimanche, quand vous pleuriez, vous m'avez attendri. Vous êtes seule au monde et moi aussi, à ma façon. J'espérais que nous deviendrions des amis.

Elle prit l'air froid. Ils avaient le même âge, mais elle se sentait beaucoup plus vieille. Avec cette mine candide, il était sûrement sincère, mais elle avait assez d'expérience pour savoir à quoi s'en tenir.

— Je vais vous parler carrément, dit-elle. Je ne suis pas une beauté, mais je suis jeune et les gens qui aiment le type russe me trouvent jolie. N'espérez pas me faire croire que c'est pour l'agrément de ma compagnie que vous me recherchez. Je n'ai jamais couché avec personne. Il ne serait pas honnête de vous laisser perdre votre temps et votre argent, quand je ne compte pas devenir votre maîtresse.

— Eh bien ! vous êtes franche, dit-il, avec un sourire irrésistible, mais je m'en doutais. Je n'ai pas toujours vécu à Paris pour rien. Je devine d'instinct si une jeune fille marchera. J'ai vu tout de suite que vous étiez sage. Si j'ai tenu votre main au concert, c'était parce que vous goûtiez la musique comme moi, et ce contact... comment vous expliquer ? il me semblait que votre émotion s'épanchait en moi et s'ajoutait à la mienne. En tout cas, il n'entrait pas de désir dans mon sentiment.

— Et pourtant, nous éprouvions des choses très différentes, dit-elle, pensive. A un moment, j'ai été effrayée. Votre expression implacable n'avait plus rien d'humain.

Il rit. Devant ce rire si jeune, si musical et insouciant, la tendre clarté de son regard, comment croire que la musique avait pu durcir ainsi ces traits ?

— Quelle imagination ! Me prenez-vous, par hasard, pour un recruteur de femmes, comme dans les films, qui travaille pour Buenos Aires ?

— Non. Pas ça.

— Que risquez-vous à venir au cinéma avec moi ? Vous avez mis les points sur les i et j'ai compris.

Cette fois, elle rit. Pourquoi faire des embarras ? Elle n'avait pas tant d'occasions de s'amuser. S'il lui offrait une petite fête, simplement pour bavarder, elle serait bien bête de s'en priver. Après tout, elle n'avait de comptes à rendre à personne. Elle saurait se tenir et elle l'avait assez prévenu.

— Eh bien ! entendu, dit-elle.

Ils allèrent plusieurs fois au cinéma. Ensuite, Robert accompagnait Lydia à la plus proche station du métro. Pendant la promenade, il lui donnait le bras et, au cinéma, il tenait sa main. Une ou deux fois, en la quittant, il l'embrassa sur les deux joues. Ça n'allait pas plus loin. Un agréable compagnon. Sa façon gouailleuse de tout présenter plaisait à Lydia. Il ne posait pas à l'homme cultivé. Le temps lui manquait, disait-il, et la vie était beaucoup plus amusante que les livres, mais il n'était pas sot et parlait de ses lectures avec intelligence. Lydia découvrit avec intérêt sa passion pour André Gide. Il adorait le tennis. A un moment, de gros bonnets avaient voulu le pousser ; ils voyaient en lui un futur champion. Mais cela n'avait pas eu de suite.

— Pour arriver au premier rang, il faut plus d'argent et de temps que je n'en ai, disait-il.

Lydia le croyait amoureux d'elle, peut-être parce qu'elle en avait envie. De plus en plus, il occupait ses pensées. Jamais encore elle n'avait eu un ami de son âge. Elle lui devait des heures heureuses au concert, le dimanche après-midi, et de bonnes soirées au cinéma. Pour lui, elle prenait la peine de bien s'habiller. Il donnait à sa vie un attrait nouveau. Elle n'avait pas l'habitude de se farder, mais, à leur quatrième ou cinquième rencontre, elle se mit un peu de rouge aux joues et arrangea ses yeux.

— Qu'est-ce que vous avez donc fait ? dit-il, quand ils se retrouvèrent au grand jour. Pourquoi vous êtes-vous barbouillée comme ça ?

Elle rit et rougit sous son rouge.

— Je cherchais à vous faire honneur. Je ne voulais pas qu'on pût vous croire avec un souillon fraîchement débarqué de sa province.

— Mais ce qui m'a d'abord plu en vous, c'est votre naturel. On a tellement soupé de ces poupées peintes. Ça m'a attendri que vous n'ayez rien sur vos joues pâles, rien sur vos lèvres, rien sur vos sourcils. C'est rafraîchissant comme un bosquet après la lumière éblouissante de la route. L'absence de maquillage vous donne un petit air tout neuf de gosse bien droite.

Le cœur de Lydia se mit à battre presque douloureusement, dans une contraction plus proche de l'extase que du plaisir.

— Eh bien ! si ça ne vous plaît pas, je ne recommencerai pas. Je ne le faisais que pour vous.

Elle suivit le film d'un œil distrait. La tendresse de cette voix musicale, la douceur souriante de ces yeux lui avaient déjà donné des soupçons. A présent, comment ne pas se croire aimée ? De toutes ses forces, elle s'était raidie contre l'amour. S'il ne voyait là qu'une fantaisie passagère, à quoi bon se laisser emporter par les sentiments ? Elle était décidée à ne pas lui céder. Elle avait vu cela trop souvent chez les filles des réfugiés russes. Accablées par l'ennui et la pauvreté, elles se lançaient dans une aventure, mais cela ne durait jamais. Elles paraissaient incapables de retenir un homme. En tout cas, les Français dont, en général, elles se toquaient, à peine devenus leurs amants, se lassaient ou les prenaient en grippe et les lâchaient. Alors, elles retombaient plus bas que jamais. Mais que pouvait-elle espérer ? Le mariage ? Cette possibilité ne pouvait même pas traverser son esprit. Elle connaissait les idées françaises. La mère ne le laisserait pas épouser une arpète russe. Qu'était-elle d'autre ? Sans un sou. En France, le mariage est une chose sérieuse. Les positions doivent s'équilibrer et la dot de la mariée être en rapport avec la situation du jeune homme. Son père, il est vrai, avait été un professeur d'université réputé, mais en Russie, avant la révolution, et, depuis lors, Paris fourmillait de princes, de comtes et d'officiers de la garde, devenus chauffeurs de taxis et ouvriers. Tout le monde jugeait les Russes sans énergie et sans parole. On en avait assez. La mère de Lydia, petite-fille d'un serf, était elle-même presque une paysanne. Fidèle à ses idées libérales, le professeur l'avait épousée. Elle était pieuse et avait élevé sa fille dans des principes rigoureux. En vain, Lydia se raisonnait-elle : le monde avait changé, il fallait vivre avec son temps... Elle n'y pouvait rien. Une horreur instinctive l'empêchait de mal tourner. Et pourtant, pourtant, qu'espérer d'autre ? N'était-ce pas idiot de manquer cette occasion ? Sa beauté était celle de la jeunesse. Dans quelques années, elle serait fanée. Peut-être l'occasion ne se présenterait-elle plus. Pourquoi ne pas se laisser aller ? La moindre détente de sa volonté et elle l'aimerait à la folie. Quel soulagement de ne plus lutter ! Et il l'aimait, elle le savait, la fougue de sa passion la faisait tressaillir. Dans l'impatience de ce visage mobile, elle lisait le violent désir de la posséder ; ce serait divin d'être aimée par quelqu'un qu'elle aimait tant. Si cela ne durait pas — et ça ne pouvait pas durer — du moins aurait-elle connu l'ivresse ; il lui resterait le souvenir, et cela ne vaudrait-il pas la douleur de la séparation ? Si c'était intolérable, il y aurait toujours la Seine ou le réchaud à gaz.

Mais le plus curieux, l'inexplicable était qu'il ne paraissait pas chercher à en faire sa maîtresse. Il la traitait avec respect. Il ne se serait pas conduit autrement avec une jeune fille de son milieu, dont la situation et la fortune auraient représenté le meilleur des partis. Elle n'y comprenait rien. Malgré tout, quelque chose lui disait qu'il voulait l'épouser. Elle en était touchée et flattée. Alors, c'était l'oiseau rare, mais elle souhaitait presque le contraire, en pensant à tous les ennuis dont il serait assailli. Car, même s'il ruminait un projet aussi fou, il y avait Mme Berger, la bourgeoise française, raisonnable et pratique : elle ne le laisserait jamais compromettre son avenir et il tenait à elle, comme seul un Français peut tenir à sa mère.

Un soir, après le cinéma, avant d'arriver au métro, il lui dit :

— Il n'y a pas de concert, dimanche. Voulez-vous venir prendre le thé à la maison ? J'ai tant parlé de vous à ma mère qu'elle voudrait vous connaître.

Le cœur de Lydia cessa de battre. Elle comprit tout de suite. Mme Berger s'inquiétait de leur amitié et voulait la voir pour y mettre un terme.

— Mon pauvre Robert, je crois que je ne plairais guère à votre mère. Il me paraît beaucoup plus sage de ne pas nous rencontrer.

— En voilà une idée ! Elle a une grande sympathie pour vous. Pauvre femme, elle m'adore, je suis tout ce qui lui reste au monde et elle est ravie de me voir lié avec une jeune fille comme il faut.

Lydia sourit. Ah ! il connaissait les femmes, pour supposer une mère aimante bien disposée envers une jeune fille ramassée par son fils à un concert ! Mais il la pressa tant d'accepter qu'elle finit par consentir. Un refus aurait risqué d'indisposer davantage Mme Berger. Ils se donnèrent rendez-vous à quatre heures, le dimanche, à la porte Saint-Denis. Il arriva en auto.

— Quel luxe ! dit Lydia en s'installant.

— Elle n'est pas à moi. Je l'ai empruntée à un ami.

L'épreuve qui l'attendait énervait Lydia, et même les paroles affectueuses de Robert ne parvenaient pas à lui donner confiance. Ils roulèrent vers Neuilly.

— Nous allons laisser la voiture ici, dit Robert, en s'arrêtant au bord du trottoir, dans une rue calme. Je préfère ne pas la ranger devant la maison. Les voisins s'étonneraient et je ne peux pas leur expliquer qu'on m'a prêté cette bagnole.

Ils firent quelques pas.

— Nous y sommes.

C'était une minuscule villa isolée, qui aurait eu grand besoin d'un coup de peinture. D'après les descriptions de Robert, Lydia l'aurait crue moins modeste. Il l'emmena au salon, une petite pièce pleine de meubles et de bibelots, avec des tableaux à l'huile dans des cadres dorés. Il s'ouvrait sur la salle à manger, où le thé était servi. Mme Berger posa son livre et vint au-devant d'eux. Lydia s'était imaginé une petite boulotte en deuil de veuve, avec une expression de douceur résignée et l'air respectable et simple d'une personne revenue de toute vanité terrestre. Mme Berger était mince et, sur ses hauts talons, aussi grande que Robert. Elle portait une robe élégante en soie noire imprimée de fleurs et un collier de perles fausses. Ses cheveux, ondulés à la permanente, étaient châtain très foncé et, malgré l'approche de la cinquantaine, sans un seul filet blanc. Sa peau jaunie était trop poudrée. Elle avait de beaux yeux, le nez droit et fin de Robert et les mêmes lèvres minces, durcies chez elle par les années. Pour son âge, une belle femme très soignée. Son expression ne rappelait en rien le charme de Robert. Ses yeux sombres étaient froids et méfiants. A son entrée, Lydia sentit le regard scrutateur dont Mme Berger l'enveloppa, aussitôt corrigé par un sourire de bienvenue. Elle remercia avec effusion Lydia d'être venue si loin pour la voir.

— Vous devez comprendre combien je tenais à connaître une jeune fille dont mon fils me parle si souvent. Je ne m'attendais pas à une surprise agréable. A la vérité, je n'ai pas grande confiance dans son jugement. C'est pour moi un soulagement de vous trouver telle qu'il me l'avait dit.

Cette phrase s'accompagnait de sourires, de

minauderies, de toutes les grâces d'une mondaine qui cherche à mettre à l'aise une étrangère. Sur ses gardes, elle aussi, Lydia répondit avec la modestie convenable. Mme Berger eut un rire forcé et le souligna d'un geste enthousiaste.

— Mais vous êtes charmante. Je comprends que mon fils néglige sa vieille mère pour vous.

Le thé fut apporté par une grosse gamine. Sans interrompre ses compliments, Mme Berger la surveillait d'un œil inquiet. Un goûter devait être un événement dans cette maison et elle redoutait quelque maladresse. Ils s'assirent dans la salle à manger. Un petit piano à queue l'encombrait.

— Ça prend de la place, dit Mme Berger, mais mon fils est fou de musique. Il joue pendant des heures. Vous êtes, paraît-il, une musicienne consommée.

— Il exagère. J'aime beaucoup la musique, mais je suis très ignorante.

— Vous êtes trop modeste, mademoiselle.

Il y avait des gâteaux et un plat de sandwichs. Sous chaque assiette, recouverte d'un rond de dentelle, une petite serviette. Mme Berger avait bien fait les choses. Avec un sourire froid, elle demanda à Lydia comment elle aimait le thé.

— Vous autres, Russes, vous préférez le citron et j'en ai pris un pour vous. Voulez-vous un sandwich pour commencer?

Le thé sentait la paille.

— Les Russes fument pendant les repas. Surtout, pas de cérémonies avec moi. Robert, où sont les cigarettes?

Mme Berger força Lydia à prendre des sandwichs et des gâteaux. Pour certaines personnes, l'hospitalité consiste à bourrer leurs invités. Elle parlait comme une pie, d'une voix métallique et aiguë, en s'exprimant avec correction, et déployait une politesse outrée. Sous l'avalanche de ses questions banales destinées à marquer un intérêt mondain à une jeune fille isolée, Lydia sentait percer le désir de se renseigner. Elle eut du chagrin. Malgré son amour pour son fils, une telle femme ne lui permettrait jamais une imprudence. Cette certitude rendit son assurance à Lydia. Elle n'avait rien à perdre et rien à cacher. Elle répondit avec franchise. Elle parla à Mme Berger, comme à Robert, de ses parents, de sa vie à Londres, de ses difficultés depuis la mort de sa mère. Derrière la démonstrative sympathie de Mme Berger, à travers ses exclamations de pitié, elle la voyait peser chacune de ses paroles pour en tirer des conclusions. Après deux ou trois tentatives inutiles, Lydia réussit à s'arracher à tant d'effusions. Robert devait la reconduire. Ses beaux yeux noirs maintenant humides de cordialité, Mme Berger lui saisit les mains.

— Vous êtes délicieuse. A présent que vous connaissez le chemin, j'espère que vous reviendrez très, très souvent. Vous serez toujours la bienvenue.

En allant vers la voiture, Robert prit le bras de Lydia — il semblait plus demander protection que l'offrir, et elle en était charmée.

— Eh bien! Ça s'est très bien passé. Vous plaisez à ma mère. Vous l'avez conquise tout de suite. Elle vous adore.

Lydia rit.

— Ne dites pas de bêtises. Elle me déteste.

— Non, non, vous vous trompez. Je vous le promets. Je la connais. J'ai vu ça à la première minute.

Lydia haussa les épaules. Il lui proposa d'aller au cinéma le mardi suivant. Elle accepta, persuadée que la mère s'y opposerait. A présent, il connaissait son adresse.

— Si quelque chose vous empêchait de venir, envoyez-moi un petit bleu.

— Rien ne m'empêchera de venir, dit-il, tendrement.

Ce soir-là, elle fut très triste. Seule, elle aurait pleuré. Mais peut-être valait-il mieux ne pas pouvoir s'abandonner. A quoi bon se faire du mauvais sang ? Elle avait rêvé l'impossible. Elle surmonterait son malheur. Après tout, elle y était habituée. Il eût été bien pis d'être lâchée s'il avait été son amant.

Lundi passa, mardi arriva. Pas de petit bleu. Elle était certaine de le trouver en revenant de son travail. Rien. Il lui restait une heure avant de s'habiller ; elle la vécut dans l'attente anxieuse d'un coup de sonnette. Elle s'habilla avec la conviction de prendre une peine inutile : le message arriverait avant qu'elle fût prête. Allait-il la laisser aller pour rien au cinéma ? Ce serait cruel, mais elle le savait dominé par sa mère. Mme Berger, elle, se méfiait de sa faiblesse. Peut-être ce rendez-vous manqué lui paraîtrait-il le meilleur moyen, dans sa brutalité, de couper les ponts. Cette idée s'imposa tout de suite à Lydia et elle faillit ne pas sortir. Pourtant elle y alla. S'il se montrait capable d'une pareille grossièreté, ce serait un bon débarras.

Mais il était là et il vint à elle avec cette démarche élastique de l'homme débordant de vitalité. Son visage rayonnait de tendresse. Jamais il n'avait paru de meilleure humeur.

— Ce soir, le cinéma ne me dit rien, déclara-t-il. Allons prendre un verre au Fouquet's et faire une balade. J'ai une voiture au coin de la rue.

— Si vous voulez.

Dans cette nuit de gel, les étoiles semblaient répondre avec espièglerie aux lumières éclatantes des Champs-Élysées. Ils prirent un bock. Robert disait mille folies. Puis ils remontèrent l'avenue George-V, où il avait rangé sa voiture. Lydia n'en revenait pas de l'entendre parler avec tant de naturel. Quelle faculté de dissimulation ! Comptait-il lui annoncer la mauvaise nouvelle pendant la promenade ? Son émotivité se manifestait parfois de façon assez théâtrale — Lydia en était plus amusée que choquée — et peut-être cherchait-il le décor voulu pour une scène de rupture.

— Ce n'est pas la même voiture que dimanche, dit-elle.

— Non. Celle-ci appartient à un ami qui veut la vendre. J'ai promis de la montrer à un acquéreur éventuel.

Ils montèrent vers l'Arc de Triomphe et suivirent l'avenue Foch jusqu'au bois. Il y faisait sombre, sauf sous les phares des autos et, à part quelques voitures arrêtées çà et là, où l'on devinait un couple en conversation amoureuse, c'était le désert. Robert se rangea contre le trottoir.

— On s'arrête ici pour fumer une cigarette ? proposa-t-il. Vous n'avez pas froid ?

— Non.

Dans un endroit aussi solitaire, en d'autres circonstances, Lydia aurait eu peur. Mais elle croyait Robert incapable de profiter de la situation. Il avait une trop jolie nature. De plus, elle voyait venir le moment où il allait parler. En silence, il alluma sa cigarette et la sienne. Il semblait embarrassé. Le cœur de Lydia se mit à battre.

— J'ai quelque chose à vous dire, ma chère, commença-t-il enfin.

— Ah !

— Mon Dieu, je ne sais trop comment m'y prendre. Je ne suis pas souvent ému, mais en ce moment, je ne sais pas ce que j'ai.

Lydia se sentit défaillir, mais elle cacha sa souffrance.

— Quand on a quelque chose de désagréable à dire, répondit-elle avec légèreté, il vaut mieux y aller carrément. Ça n'avance à rien de tourner autour.

— Je vous prends au mot. Voulez-vous m'épouser ?

— Moi ?

C'était la dernière chose à laquelle elle s'attendait.

— Je suis fou de vous. Je crois que je vous ai aimée dès la première minute, à ce concert où vous avez pleuré.

— Mais votre mère ?

— Elle est ravie. Elle vous attend. J'ai dit que si vous consentiez, je vous amènerais à la maison. Elle tient à vous embrasser. Vous pensez si elle est contente de me voir faire ma vie avec quelqu'un qui lui plaît tout à fait et, quand nous nous serons tous bien attendris, nous prendrons une bouteille de champagne.

— Dimanche, quand vous m'avez conduite chez elle, lui aviez-vous dit que vous vouliez m'épouser ?

— Et comment ! Elle tenait à vous voir et c'était bien naturel. Elle n'est pas bête, ma mère ; elle a été fixée tout de suite.

— Je croyais que je ne lui plaisais pas.

— Quelle idée !

Ils se sourirent, les yeux dans les yeux, et elle approcha son visage. Pour la première fois, il l'embrassa sur les lèvres.

— Il n'y a pas de doute, dit-il, la direction à droite est beaucoup plus commode pour embrasser une femme.

— Idiot ! dit-elle en riant.

— Alors, vous tenez un peu à moi ?

— Je vous adore depuis le premier jour.

— Mais avec la réserve d'une jeune personne bien élevée qui ne veut rien risquer, répondit-il, sur un ton de taquinerie tendre.

Elle répondit avec gravité :

— J'ai tant souffert dans ma courte vie, je ne voulais pas m'exposer à un chagrin que je n'aurais peut-être pas pu supporter.

— Je t'adore.

Elle n'avait jamais connu le bonheur ; elle pouvait à peine y croire. Comme la vie était belle ! Elle aurait aimé à rester là, blottie dans ses bras pour toujours. A y mourir. Mais elle se secoua.

— Allons voir votre mère.

Elle se sentait soudain pleine de sympathie

pour cette femme. Mme Berger la connaissait à peine et cependant, contre toute attente, à cause de l'amour de son fils, de l'amour que son œil pénétrant avait deviné chez elle, elle consentait, avec joie même, à leur mariage. Quelle autre mère française eût été capable d'un pareil sacrifice ? Ils démarrèrent. Robert laissa la voiture dans une rue parallèle à celle où ils habitaient. En arrivant à la petite maison, il ouvrit la porte et, précédant Lydia, courut au salon.

— Ça y est, maman !

Mme Berger, dans sa robe de soie noire imprimée, se précipita vers Lydia et la prit dans ses bras.

— Ma chère enfant, s'écria-t-elle. Comme je suis heureuse !

Lydia fondit en larmes. Mme Berger l'embrassa.

— Allons, allons ! ne pleurez pas. Je vous donne mon fils de tout mon cœur. Je sais que vous serez pour lui une femme parfaite. Venez, asseyez-vous, Robert va déboucher une bouteille de champagne.

Lydia se sécha les yeux.

— Vous êtes trop bonne pour moi, madame. Je ne le mérite pas.

Mme Berger lui prit la main et la tapota.

— Vous aimez mon fils et il vous aime.

Robert venait de sortir. Lydia en profita pour mettre les choses au point.

— Mais, madame, je ne sais pas si vous vous rendez compte. Le peu d'argent que mon père avait pu sortir de Russie n'existe plus depuis des années. Je n'ai que ce que je gagne. Rien, absolument rien. Et deux robes en tout, en plus de celle que j'ai sur le dos.

— Ma chère enfant, qu'importe ? Certes, j'aurais été contente si vous aviez apporté une dot à Robert, mais l'argent n'est pas tout. L'amour seul compte. D'ailleurs, de nos jours, l'argent n'a plus de valeur. Je me flatte d'être psychologue et il ne m'a pas fallu longtemps pour découvrir que vous avez une bonne nature. On sent tout de suite la personne bien élevée. Après tout, c'est ce qu'on demande à une femme et, vous savez, je connais mon Robert, il n'aurait jamais été heureux avec une petite-bourgeoise française. Il est romanesque et ça l'enchante que vous soyez russe. Et ce n'est pas comme si vous étiez une rien du tout. Il n'y a pas à rougir d'être la fille d'un professeur.

Robert revint avec le champagne. Ils causèrent tard dans la nuit. Mme Berger avait déjà fait ses projets. Ils durent les accepter. Lydia et Robert habiteraient la villa et elle serait très bien dans le petit pavillon. Ils prendraient leurs repas ensemble, mais elle vivrait à part. En rien, elle ne voulait se mêler de leurs affaires.

— Et surtout, ne me traitez pas en belle-mère. Je veux être pour vous la mère que vous avez perdue, mais aussi votre amie.

Elle tenait à hâter le mariage. Lydia avait un passeport de la Société des Nations et une carte d'identité. Ses papiers étaient en ordre. Aussi suffit-il d'attendre la publication des bans. Comme Robert était catholique et Lydia orthodoxe, ils décidèrent, malgré la répugnance de Mme Berger, de renoncer à une cérémonie religieuse à laquelle ni l'un ni l'autre ne tenait. Cette nuit-là, Lydia ne put dormir.

Le mariage eut lieu dans l'intimité, en présence de Mme Berger et d'un vieil ami, le colonel Legrand, médecin militaire, ancien compagnon d'armes du père de Robert, d'Eugénie et d'Alexëi et de leurs enfants. C'était un vendredi et, comme Robert devait retourner au bureau le lundi matin, le voyage de noces fut court. Robert emmena Lydia à Dieppe dans une voiture prêtée par un ami et la ramena le dimanche soir.

Lydia ne savait pas que cette voiture, comme les précédentes, n'avait pas été prêtée, mais volée. C'est pourquoi il les laissait toujours à une ou deux rues de distance. Elle ne savait pas que, deux mois plus tôt, Robert avait été condamné à deux ans de prison avec sursis, car c'était sa première condamnation. Compromis depuis dans une affaire de stupéfiants, il avait évité de justesse une nouvelle condamnation. Elle ne savait pas que Mme Berger avait consenti au mariage dans l'espoir d'assagir son fils : elle y voyait sa dernière chance de mener une vie honnête.

V

Le regard perdu dans la cour obscure, combien de temps Charley avait-il passé à la fenêtre ? La voix de Lydia l'arracha à ses pensées.

— Il me semble que j'ai dormi, dit-elle.

— Je le crois aussi.

Il alluma. Par crainte de la réveiller, il n'avait pas osé le faire. Le feu était presque éteint et il remit une bûche.

— Je me sens toute reposée. J'ai dormi sans rêves.

— Avez-vous souvent des cauchemars ?

— Affreux.

— Si vous voulez bien vous habiller, nous pourrons aller dîner.

Elle eut un rire ironique, mais non sans gentillesse.

— Ça ne doit pas être comme ça que vous passez généralement Noël.

— Pas tout à fait, répondit-il avec bonne humeur.

Elle entra dans le cabinet de toilette et il

l'entendit prendre un bain. Elle revint, toujours drapée dans sa robe de chambre.

— A présent, à votre tour. Moi, je m'habille.

Charley la quitta. Il trouvait tout naturel que, même après avoir dormi à côté de lui, elle préférât ne pas s'habiller en sa présence.

Lydia le conduisit avenue du Maine, dans un restaurant dont elle vantait la cuisine. A la mode d'autrefois, avec ses boiseries, ses rideaux de chintz et ses plats d'étain, il était sympathique. Comme clients, il y avait deux femmes d'âge incertain, portant col et cravate, et trois jeunes Hindous attablés dans un silence morne. Ils semblaient, seuls et désemparés, dîner là faute de savoir où aller.

Lydia et Charley s'assirent dans un coin. Quand il voulut la servir une seconde fois, elle avança son assiette avec empressement.

— Ma belle-mère se plaignait de mon appétit. Elle disait que je dévorais comme si je n'avais jamais mangé à ma faim. D'ailleurs, c'était vrai.

Cela donna un coup à Charley. Il dînait donc avec quelqu'un qui, pendant des années, s'était souvent levé de table ayant faim ? Comment pouvait-elle avoir vécu tout ce qu'elle venait de lui raconter et manger avec cette voracité ? Cela rendait la tragédie un peu grotesque. Lydia cessait d'être une héroïne de roman. Elle devenait une jeune femme quelconque et ses malheurs en paraissaient plus horribles.

— Vous entendiez-vous bien avec votre belle-mère ?

— Pas mal. Ce n'était pas une mauvaise femme. Elle était dure, intrigante, pratique et avare. Elle prenait au sérieux son rôle de maîtresse de maison et aimait que tout fût au point. Mon laisser-aller russe l'exaspérait, mais elle se dominait et jamais un mot désagréable ne lui échappait. Après Robert, sa grande passion, c'était la respectabilité. Elle était fière d'être fille d'un officier d'état-major et femme d'un médecin-major, tous deux officiers de la Légion d'honneur. Son mari avait perdu une jambe à la guerre. Elle parlait volontiers de leurs beaux états de service et de l'importance sociale que leurs positions lui donnaient. Elle était snob, mais d'une façon mesquine et risible. Elle avait, sur la morale, des idées que les étrangers croient rares en France. Par exemple, elle n'admettait l'infidélité que pour les maris. Jamais elle n'aurait accepté une invitation sans pouvoir la rendre. Une fois une affaire conclue, elle s'y tenait, même si ça tournait mal. Elle comptait chaque sou, mais elle était scrupuleusement honnête, par principe et par loyauté envers sa famille. Elle avait, à un rare degré, le sentiment de la justice. Elle savait qu'en me laissant épouser Robert sans me prévenir, elle avait mal agi. En tout cas, c'eût été à moi de décider, sachant tout, si je voulais courir le risque — je n'aurais pas hésité, vous pensez — mais elle l'ignorait, et elle trouvait que j'en aurais long à lui reprocher quand je découvrirais la vérité. Voilà pourquoi elle me pardonnait beaucoup de choses. Elle employait toute sa volonté, sa maîtrise de soi, son tact, à contribuer à notre bonne entente.

» C'était la seule chance de réformer Robert et elle l'aimait assez pour s'effacer devant moi. Elle était même prête à perdre son influence sur lui et, pour une femme, qu'il s'agisse d'un fils, d'un mari ou d'un amant, cela passe encore avant l'amour. Elle tenait scrupuleusement sa promesse de ne pas nous gêner. On la voyait à peine, sauf aux heures des repas et, plus tard, quand nous avons renvoyé la bonne, dans la cuisine. Elle restait tout le temps dans son pavillon et si, pour ne pas la laisser seule, nous l'appelions, elle prétextait toujours des choses à faire, des lettres à écrire, un livre à finir. Il était difficile de l'aimer, mais impossible de ne pas la respecter.

— Qu'est-elle devenue ?

— Le procès l'a ruinée. Presque toute sa petite fortune avait déjà passé à empêcher Robert d'aller en prison et les avocats ont eu le reste. Elle a dû vendre la maison, son dernier orgueil de veuve d'officier, et emprunter sur sa pension. Elle faisait la cuisine comme un cordon-bleu : elle est entrée comme bonne à tout faire chez un Américain, à Auteuil.

— Et vous la voyez quelquefois ?

— Non. Pourquoi ? Nous n'avons rien de commun. Elle m'a laissé tomber quand je n'ai plus pu servir à maintenir Robert dans le droit chemin.

Lydia continua à parler de sa vie en ménage. Elle était contente d'avoir une maison à elle et si heureuse de ne pas avoir à courir à son travail tous les matins. Il n'y avait pas d'argent à gaspiller, mais, auprès de son ancienne vie, c'était l'opulence. En tout cas, la sécurité. Robert se montrait charmant, facile à vivre, avec une tendance à se laisser servir — mais, pour une femme aussi amoureuse, c'était une joie —, gai avec un cynisme impudent, une insouciance amusante, et quelle vitalité ! Pour un garçon pauvre, il était d'une générosité folle. Il lui avait donné un bracelet-montre en or, une minaudière d'au moins deux mille francs et un sac en crocodile. Elle fut surprise d'y trouver un ticket d'autobus et, quand elle questionna Robert, il se mit à rire. Il avait, expliqua-t-il, acheté le sac aux courses à une fille qui avait misé sur le mauvais cheval. Son amant venait de le lui donner et il n'avait pu résister à un pareille occasion. Il l'emmenait volontiers au théâtre ou dans les dancings de Montmartre. S'étonnait-elle de cette extravagance ? Le monde est rempli d'imbéciles, disait-il ; les gens intelligents n'ont qu'à en profiter. Mais ils ne racontaient pas ces petites fêtes à Mme Berger. Au moment de son mariage, Lydia croyait impossible d'aimer Robert davantage, mais chaque jour augmentait sa passion. Il n'était pas seulement un amant séduisant, mais aussi un délicieux compagnon.

VI

Environ quatre mois après leur mariage, Robert perdit sa place. Il n'y avait pas de quoi déséquilibrer leur budget, car son salaire était minime. Pourtant, sa mère s'enferma longtemps avec lui dans le pavillon et, quand Lydia la revit, ses yeux gonflés la frappèrent. Son expression était égarée et elle jeta à Lydia un regard exaspéré. Puis, le vieux médecin, ami de la famille, le colonel Legrand arriva et le trio s'enferma de nouveau chez Mme Berger. Pendant deux ou trois jours, Robert fut silencieux et, pour la première fois, quelque peu irritable. Quand elle l'interrogea, elle se fit rabrouer. En guise d'explication, il mit tout sur le compte de l'avarice maternelle. Économe, elle l'était, certes, mais jamais quand il s'agissait de son fils. Pour lui, rien n'était trop beau. Devant l'énervement de Robert, Lydia préféra ne rien dire. Pendant deux ou trois jours, Mme Berger resta très préoccupée, puis la difficulté parut s'aplanir. Elle renvoya cependant la femme de chambre conservée jusqu'alors pour laisser à Mme Berger l'illusion d'être une dame.

C'était une dépense inutile, expliqua-t-elle à Lydia. A deux, elles pouvaient bien tenir cette petite maison et, en allant elle-même au marché, elle serait sûre de ne pas être volée. D'ailleurs, le temps ne lui manquait pas et elle ferait volontiers la cuisine. Lydia s'empressa de se charger du ménage.

La vie reprit son cours habituel. Robert retrouva vite sa bonne humeur et se montra, comme toujours, gai, tendre, délicieux. Il traînait au lit le matin et partait à la recherche d'une situation. Souvent, il revenait tard dans la nuit. Mme Berger couvait son Robert, mais, quand les deux femmes étaient seules, le menu était court : un bol de soupe claire, de la salade et un bout de fromage. Impossible de ne pas remarquer l'inquiétude de Mme Berger. Plus d'une fois, Lydia la trouva debout, dans la cuisine, désœuvrée, le visage défait, mais, aussitôt, elle changeait d'expression et se remettait à l'ouvrage. Elle sauvait encore la face. Pour les « jours » de ses vieilles amies, elle sortait sa plus belle robe, se mettait du rouge aux joues et, très droite, image de la respectabilité bourgeoise, allait faire sa visite. Quoique sans situation, Robert ne manquait pas d'argent de poche. Il venait, expliqua-t-il à Lydia, de toucher des commissions sur la vente de deux voitures d'occasion et, au bar, des habitués des courses lui passaient des tuyaux.

Malgré elle, Lydia se méfiait. Un incident acheva de la troubler. Un dimanche, Robert raconta à sa mère qu'un monsieur, disposé à lui offrir une situation, l'avait invité à déjeuner, avec Lydia, près de Chartres ; mais, une fois en route

— ils avaient été prendre la voiture deux rues plus loin —, il avoua que c'était une blague. Le mardi, il avait gagné aux courses et il l'emmenait à Jouy. Sa mère aurait trouvé extravagant de gaspiller de l'argent au restaurant. La journée était chaude et belle. On déjeunait au jardin et il y avait beaucoup de monde. Ils trouvèrent deux places à une table déjà occupée par quatre personnes. Elles se levèrent avant eux.

— Oh ! regarde, dit Robert. Une de ces dames a oublié son sac.

A la surprise de Lydia, il l'ouvrit. Elle aperçut de l'argent.

Il regarda à droite et à gauche et lui jeta une œillade de complicité. Le cœur de Lydia s'arrêta. Allait-il prendre l'argent et le mettre dans sa poche ? Elle tressaillit d'horreur. A ce moment, un de leurs voisins de table revint et vit Robert, le sac entre les mains.

— Que faites-vous avec ce sac ?

Robert eut son sourire franc et charmant.

— On l'avait oublié. J'essayais de savoir à qui il appartenait.

L'homme le regardait d'un air soupçonneux.

— Vous n'aviez qu'à le remettre à la caisse.

— Et vous croyez que vous l'auriez jamais rattrapé ? répondit aimablement Robert, en lui rendant le sac.

Sans un mot, l'homme le prit et s'éloigna.

— Ah ! ces femmes, avec leurs sacs ! dit Robert.

Lydia poussa un soupir de soulagement. Sa crainte devait être absurde. Après tout, au milieu de cette foule, personne n'aurait eu le culot de chiper de l'argent dans un sac. Mais elle connaissait chaque expression de Robert et, malgré l'invraisemblance, elle était certaine de ne pas s'être trompée. Il aurait vu là une bonne plaisanterie.

Elle avait chassé ce souvenir, mais l'affreux matin où elle lut dans le journal le meurtre de Teddie Jordan, elle revit la tête de Robert, ce jour-là. Alors, dans un éclair d'intuition, elle le devina capable de tout. A présent, elle comprenait : cette tache sur son pantalon, c'était du sang ; ces billets de mille francs, elle savait d'où ils venaient. Et aussi pourquoi, quand il avait perdu sa place, Robert paraissait grognon et sa mère bouleversée, et pourquoi le colonel Legrand s'était enfermé avec eux pendant des heures de conversation orageuse. Robert avait volé. Si Mme Berger avait renvoyé la femme de chambre et coupé les sous en quatre comme jamais, c'était pour payer la somme nécessaire pour arrêter les poursuites. Lydia relut le compte rendu du crime. Jordan vivait seul dans un rez-de-chaussée. La concierge faisait le ménage. Il prenait ses repas dehors, mais elle lui apportait son café tous les matins, à neuf heures. C'est alors qu'elle l'avait trouvé gisant par terre, en manches de chemise, un couteau planté dans le dos, à côté du gramophone, un disque cassé auprès de lui, comme s'il avait été frappé pendant qu'il le changeait. Son portefeuille vide était sur la cheminée. Un whisky à moitié bu traînait sur la table, à côté d'un fauteuil, et, sur un plateau, il y avait un verre propre avec la bouteille, un siphon et un gâteau entier. De toute évidence, il avait reçu quelqu'un qui avait refusé de boire. La mort remontait à plusieurs heures. Le journaliste avait dû faire une petite enquête. La fantaisie s'y mêlait sans doute à la vérité. D'après la concierge, aucune femme n'entrait jamais dans l'appartement, mais beaucoup d'hommes, des jeunes surtout, et elle en tirait ses conclusions. Jordan était un bon locataire tranquille et, à l'occasion, généreux.

A en juger par le coup de couteau, le meurtrier devait être très robuste. Aucun désordre dans la pièce. Attaqué à l'improviste, Jordan n'avait pu se défendre. Le couteau avait disparu, mais des taches sur les rideaux prouvaient qu'on l'y avait essuyé. Malgré de minutieuses recherches, la police n'avait pu découvrir d'empreintes digitales ; le meurtrier les avait effacées ou il portait des gants. Dans le premier cas, cela prouvait un grand sang-froid et, dans le second, la préméditation.

Le journaliste avait passé au Jojo's Bar. C'était un petit bar situé derrière le boulevard de la Madeleine et fréquenté par des jockeys, des bookmakers et des parieurs. On y trouvait une nourriture simple : œufs au bacon, saucisses, côtelettes, et Jordan y prenait tous ses repas. Il y traitait aussi la plupart de ses affaires. Les habitués du bar l'aimaient beaucoup. Il connaissait des hauts et des bas, mais, quand la journée avait été bonne, il avait la main ouverte. Toujours prêt à offrir un verre, il était à tu et à toi avec tout le monde. Néanmoins, il passait pour retors. Quand il était fauché, l'ardoise montait assez haut, mais il finissait toujours par payer. Le journaliste avait confié les soupçons de la concierge au propriétaire du bar. Jojo avait protesté. La police poursuivait son enquête et comptait opérer une arrestation dans les vingt-quatre heures.

Lydia fut terrifiée. Pour elle, la culpabilité de Robert ne faisait pas de doute. Elle n'en aurait pas été plus sûre si elle l'avait vu commettre le crime.

— Comment a-t-il pu ? Comment a-t-il pu ? s'écria-t-elle.

Le son de sa voix la fit sursauter. Même dans la cuisine vide, elle ne devait pas penser tout haut. Avant tout, il fallait le sauver. Quoi qu'il eût fait, elle l'aimait. Rien n'affaiblirait son amour. A l'idée qu'on pourrait le lui enlever, elle faillit hurler. Le souvenir de ses lèvres douces sur les siennes, de son corps svelte, un corps de gamin, entre ses bras, la grisait. Le coup de couteau, disait-on, prouvait de la vigueur et on recherchait un homme grand et fort. Robert était solide et nerveux, mais il n'était ni grand ni fort. Et puis, il y avait les racontars de la concierge. La police chercherait dans les boîtes de nuit et les cafés de Montmartre et de la rue de Lappe où fréquentent les invertis. Robert n'allait jamais dans ces endroits-là et elle savait mieux que personne combien il était éloigné de l'homosexualité. On le voyait, il est vrai, beaucoup chez Jojo, mais il n'était pas le seul, les jockeys lui donnaient des tuyaux et il tirait des bookmakers de meilleures conditions qu'au pari mutuel. Tout cela se faisait cartes sur table. Pourquoi le soupçonnerait-on ? Le pantalon avait été détruit et on n'imaginerait jamais que l'économe Mme Berger eût poussé Robert à en commander un second. Si la police découvrait que Robert connaissait Jordan — Jordan voyait un tas de gens — et fouillait la maison — c'était peu probable, mais on interrogerait peut-être tous les amis du bookmaker — elle ne trouverait rien. Sauf cette liasse de billets de mille francs. Lydia fut prise de terreur. Si les soupçons tombaient sur Robert, la police découvrirait forcément leurs difficultés financières et comment expliquer la présence de ces billets ? Lydia en ignorait le chiffre exact. Huit ou dix, peut-être. Une grosse somme pour de pauvres gens. Une somme dont Mme Berger, même si elle connaissait sa provenance, n'aurait jamais le courage de se séparer. Elle se croirait capable de les cacher où personne n'aurait l'idée de les chercher. Inutile de lui parler. Aucun argument ne la déciderait. La seule chose à faire était de les brûler. Sinon, Lydia n'aurait plus un moment de paix. Alors, la police pourrait venir, sans découvrir la preuve. Mais où Mme Berger les avait-elle mis ? Lydia n'entrait pas souvent au pavillon, car sa belle-mère y faisait le ménage, mais elle en avait le plan dans la tête et, par la pensée, elle examina chaque meuble et toutes les cachettes possibles. A la première occasion, elle ferait une perquisition.

L'occasion se présenta plus vite qu'elle ne le prévoyait. Cet après-midi-là, après un maigre repas pris en silence avec sa belle-mère, Lydia cousait au salon. Elle n'aurait pas pu lire et il fallait faire quelque chose pour calmer son inquiétude. Elle entendit Mme Berger entrer dans la maison et supposa qu'elle allait à la cuisine, mais la porte s'ouvrit.

— Si Robert vient, dites-lui que je serai là vers cinq heures.

A la stupéfaction de Lydia, elle était en grande toilette : robe de soie noire imprimée, toque de soie noire et renard argenté.

— Comment, vous sortez ? s'écria Lydia.

— Oui, c'est le dernier jour de la générale. Si je n'y faisais pas une apparition, elle serait très froissée. Elle et le général aimaient beaucoup mon pauvre mari.

Lydia comprit. En vue de ce qui pouvait arriver, Mme Berger avait décidé, ce jour-là, surtout, de ne rien changer à sa vie. Son absence à une réunion mondaine pourrait être attribuée à la peur de voir son fils impliqué dans le meurtre du bookmaker. Au contraire, en y allant, elle prouvait que cette possibilité ne lui avait pas traversé l'esprit. Un courage indomptable. Auprès d'elle, Lydia prenait conscience de sa propre faiblesse.

Aussitôt seule, elle verrouilla la porte de la maison pour ne permettre à personne d'entrer sans sonner et traversa le petit jardin. Elle y jeta un coup d'œil. Au milieu d'un gazon pelé qu'entourait une allée sablée, il y avait une corbeille dont les chrysanthèmes fleurissaient en automne. Les billets devaient être cachés dans le pavillon. Il se composait d'une grande chambre et d'un débarras dont Mme Berger avait fait son cabinet de toilette. La chambre contenait un lit en acajou sculpté, un divan, un fauteuil et un bureau en bois de rose. Sur les murs, des photos agrandies d'elle-même et de son défunt mari, celles de la tombe, avec les médailles et la Légion d'honneur, et de Robert à différents âges. Où une femme comme elle pouvait-elle dissimuler quelque chose ? Elle avait sûrement une cachette habituelle, car, depuis des années, il fallait se méfier de Robert. Elle était trop fine pour employer le truc enfantin du lit, du divan, d'un tiroir secret du bureau ou des fentes de l'armoire. Il n'y avait pas de cheminée, mais un appareil à gaz avec un tuyau de fonte. Lydia l'examina. Impossible d'y cacher quelque chose. Perplexe, elle regarda autour d'elle. Faute de mieux, elle défit le lit et sortit l'oreiller de la taie. Elle le tâta. La toile du matelas était si dure que Mme Berger n'aurait pas pu l'ouvrir et la recoudre. Si la cachette servait depuis longtemps, elle devait être plus accessible pour permettre de sortir l'argent sans laisser de traces. Lydia regarda tout de même dans la commode et dans le bureau. Rien n'était fermé à clef et tout était en ordre. Elle passa dans la garde-robe. Elle avait entendu mille histoires sur les moyens employés par les Russes pour dissimuler argent et bijoux aux bolcheviks. Les plus ingénieux n'avaient parfois servi à rien et d'autres, par miracle, avaient réussi. Une femme avait été fouillée dans le train entre Moscou et Leningrad. On l'avait complètement déshabillée, mais elle avait cousu un collier de diamants dans l'ourlet de son manteau de fourrure et, malgré un examen attentif, les pierres n'avaient pas été découvertes. Mme Berger aussi possédait un manteau de fourrure, un vieil astrakan, et il se trouvait dans l'armoire. Lydia le prit, mais elle ne vit, ni ne sentit rien. Aucune trace de couture récente. Elle le rangea et sortit une à une les trois ou quatre robes de Mme Berger. Les billets n'y avaient pas été cousus. Son cœur se serra. Peut-être étaient-ils trop bien cachés. Une autre idée lui vint. La meilleure des cachettes, disait-on, était souvent un endroit trop en vue pour attirer l'attention. Un panier à ouvrage, par exemple, comme celui de Mme Berger, sur une petite table, près du fauteuil. Découragée, en regardant sa montre, car le temps passait, elle le retourna. Un bas raccommodé, des ciseaux, des aiguilles, divers brimborions, des bobines de coton et de soie. Il y avait aussi un châle de laine noire, à demi terminé, que Mme Berger comptait jeter sur ses épaules pour traverser le jardin. Parmi les cotons noirs et blancs Lydia aperçut avec surprise du fil jaune. A quoi sa belle-mère pouvait-elle l'employer? Comme ses yeux tombaient sur les rideaux, elle tressaillit. Les uns encadraient la porte vitrée, les autres dissimulaient la porte du cabinet de toilette. Mme Berger en était très fière; ils avaient appartenu à son père, le colonel, et lui rappelaient son enfance. Ils étaient en beau damas jaune très lourd, avec une bordure festonnée et à franges. Lydia commença par ceux de la fenêtre et regarda la doublure. Ils avaient été faits pour une chambre plus haute et, pour ne pas les couper, Mme Berger en avait retourné le bas. Lydia examina le grand ourlet. On reconnaissait la main d'une couturière professionnelle et le fil était fané. Puis elle alla à la porte. Elle poussa un soupir. Au coin le plus proche du mur maître, et ainsi dans l'obscurité, sur une longueur de dix centimètres environ, le fil neuf prouvait une couture récente. Lydia prit les ciseaux et coupa; elle glissa la main dans l'ouverture et retira les billets. Elle chercha une aiguille et le fil jaune et recousit l'ourlet comme s'il n'avait pas été touché. Elle jeta un coup d'œil autour d'elle pour s'assurer de n'avoir laissé aucune trace. Elle retourna à la villa, monta à la salle de bains, déchira les billets en petits morceaux et les jeta dans les cabinets. Puis elle redescendit, ôta le verrou de la porte d'entrée et reprit son ouvrage. Son cœur battait à se rompre ; mais elle était soulagée. A présent, la police pouvait venir, elle ne trouverait rien.

Bientôt, Mme Berger revint. Elle entra au salon et se laissa choir sur le divan. L'effort qu'elle venait de faire l'avait épuisée. Son visage s'affaissa et elle parut soudain vieille. Lydia lui jeta un coup d'œil, mais ne dit rien. Quelques minutes plus tard, avec un soupir de lassitude, Mme Berger se leva et alla dans sa chambre. Quand elle revint, une robe noire fanée et des pantoufles de cuir avaient remplacé ses beaux atours. Malgré l'ondulation et le maquillage, elle ressemblait à une femme de ménage usée.

— Je vais préparer le dîner, dit-elle.

— Puis-je vous aider ? demanda Lydia.

— Non, je préfère être seule.

Lydia continua à coudre. Dans la petite maison, le silence était sinistre. Le bruit de la clef de Robert dans la serrure parut effrayant. Lydia serra les poings pour ne pas crier. Il sifflota, comme toujours en rentrant, et elle se ressaisit pour l'accueillir. Il tenait deux ou trois journaux.

— Je t'ai apporté les journaux du soir, annonça-t-il gaiement. Ils sont pleins du meurtre.

Il alla à la cuisine où il savait trouver sa mère

et jeta les journaux sur la table. Lydia le suivit. Sans un mot, Mme Berger se mit à lire. Il y avait de gros titres. Les nouvelles s'étalaient en première page.

— Je reviens de chez Jojo. On ne parle que de ça. Jordan était un des habitués et tout le monde le connaissait. Moi-même, je l'ai vu la nuit de sa mort. Il avait eu de la veine aux courses, ce jour-là, et il payait à boire à tout le monde.

On eût dit qu'il n'avait pas le moindre souci. Ses yeux brillaient et une légère rougeur animait ses joues, en général assez pâles. D'un ton aussi détaché, Lydia lui demanda :

— A-t-on quelque idée sur le meurtrier ?

— On soupçonne un marin. La concierge a vu Jordan en ramener un la semaine dernière. Mais c'était peut-être un déguisement. On a convoqué les habitués des principaux bars de Montmartre. D'après la blessure, le coup a été porté avec beaucoup de force. On recherche un grand costaud. Évidemment, il y a un ou deux boxeurs qui ont une drôle de réputation.

Mme Berger reposa le journal sans rien dire.

— Le dîner va être prêt. Le couvert est-il mis, Lydia ?

— J'y vais.

Quand Robert était là, ils prenaient les deux principaux repas dans la salle à manger, malgré le surcroît de travail. Mme Berger disait :

— Nous ne pouvons vivre comme des sauvages. Robert a été bien élevé et il est accoutumé à la correction.

Robert monta pour changer de costume et mettre des pantoufles. Mme Berger l'empêchait de garder ses vêtements neufs dans la maison. Lydia commença à mettre le couvert. Une idée soudaine la fit chanceler et elle dut s'appuyer au dos d'une chaise. Jordan avait été tué l'avant-veille et c'était ce soir-là que Robert l'avait réveillée pour se faire préparer à souper et l'avait entraînée au lit. Il l'avait prise dans ses bras aussitôt après le crime. Sa passion, son désir insatiable, sa frénésie venaient du sang d'un homme.

Robert descendait en traînant ses pantoufles.

— Me voilà, maman ! cria-t-il. Je viens.

Il entra dans la salle à manger et s'assit à sa place. Il ôta le rond de sa serviette et se pencha pour prendre du pain.

— Est-ce que Madame nous donne un bon dîner ce soir ? Je me sens un de ces appétits ! En fait de déjeuner, je n'ai pris qu'un sandwich chez Jojo.

Mme Berger apporta la soupière et s'assit pour remplir leurs assiettes. Robert bavardait gaiement. Mais les deux femmes répondaient à peine. Ils mangèrent leur potage.

— Et après, qu'avons-nous ?

— Du ragoût.

— Je n'en suis pas fou.

— Sois heureux d'avoir quelque chose à te mettre sous la dent, répondit sèchement sa mère.

Il haussa les épaules et lança à Lydia une œillade malicieuse. Mme Berger alla chercher le ragoût.

— Elle n'a pas l'air de très bonne humeur, ce soir, la patronne. Qu'a-t-elle fait aujourd'hui ?

— C'était le dernier jour de la générale. Elle y a été.

— Cette vieille raseuse. Il n'en faut pas plus pour vous mettre en rogne.

Mme Berger apporta le plat et les servit. Robert prit du vin et de l'eau. Il continua à plaisanter à sa manière ironique et assez drôle, mais, pour finir, il ne put ignorer plus longtemps le silence obstiné de ses compagnes.

— Mais qu'est-ce que vous avez, toutes les deux ? dit-il avec impatience. Vous avez l'air de porter le diable en terre.

Sa mère, en se forçant à manger, avait gardé le nez dans son assiette. Elle leva la tête et le regarda en plein visage.

— Eh bien ! Qu'est-ce qu'il y a ? fit-il d'un ton dégagé.

Elle ne répondit pas, mais continua à l'examiner. Dans ses prunelles sombres, expressives comme celles de Robert, se lisaient le reproche, la peur, la colère, mais aussi un chagrin poignant. Il ne put soutenir ce regard et baissa la tête. Le repas se termina en silence. Robert alluma une cigarette et en offrit une à Lydia. Ils burent leur café sans rien dire. On sonna à la porte. Mme Berger poussa un petit cri. Ils semblaient tous cloués sur place. On sonna encore.

— Qui est-ce ? chuchota Mme Berger.

— Je vais voir, dit Robert.

Puis, avec un regard dur :

— Tenez-vous, maman. Il n'y a pas de quoi s'affoler.

Il alla ouvrir. Elles entendirent des voix inconnues, mais il avait refermé la porte derrière lui et elles ne distinguaient pas les paroles. Au bout d'une ou deux minutes, il revint.

Deux hommes le suivaient.

— Passez toutes les deux à la cuisine, voulez-vous ? dit-il. Ces messieurs ont à me parler.

Elles sortirent. Lydia lui jeta un coup d'œil. Il semblait tout à fait calme. De toute évidence, les visiteurs étaient des policiers. Mme Berger laissa la porte de la cuisine ouverte dans l'espoir de les entendre, mais, à travers le corridor et une porte fermée, on ne comprenait rien. La conversation dura près d'une heure. Puis la porte s'ouvrit.

— Lydia, va chercher mon veston et mes souliers, cria Robert. Ces messieurs désirent que je les accompagne.

Sa voix était légère et gaie comme si rien n'eût troublé son assurance, mais le cœur de Lydia se serra. Elle monta prendre ses affaires. Mme Berger se taisait. Robert changea de veston et mit ses souliers.

— Je reviendrai dans une heure ou deux, dit-il. Mais ne m'attendez pas.

— Où vas-tu ? demanda sa mère.

— Au commissariat. Le commissaire pense que je pourrais apporter quelque éclaircissement sur le meurtre du pauvre Jordan.

— Qu'as-tu à faire là-dedans ?

— Je le connaissais, tout simplement, comme beaucoup d'autres.

Il partit avec les policiers.

— Vous pouvez desservir et m'aider pour la vaisselle, dit Mme Berger.

Elles remirent tout en place. Puis elles s'assirent à la table de cuisine pour attendre. Elles ne parlaient pas. Leurs regards s'évitaient. Le temps parut interminable. Au coup de trois heures, Mme Berger se leva.

— Il ne reviendra pas cette nuit. Il vaut mieux nous coucher.

— Je ne pourrais pas dormir. Je préfère attendre ici.

— A quoi bon ? Ça ne servirait qu'à gaspiller de l'électricité. Vous avez bien un somnifère. Prenez une double dose.

Avec un soupir, Lydia se leva. Mme Berger fronça le sourcil et lança avec colère :

— N'ayez pas l'air de croire que le monde va crouler. Vous n'avez pas de raison de prendre une tête pareille. Robert n'a rien fait qui puisse lui attirer des ennuis. Je ne vois pas ce que vous soupçonnez.

Lydia ne répondit pas, mais, devant son air douloureux, Mme Berger baissa les yeux.

— Allez vous coucher ! Allez vous coucher ! s'écria-t-elle rageusement.

Toute la nuit, étendue sur son lit, Lydia attendit Robert. Quand, le matin, elle descendit, Mme Berger avait déjà été chercher les journaux. Le meurtre de Jordan occupait encore la première page, mais on ne parlait pas d'une arrestation. L'enquête se poursuivait. Dès qu'elle eut bu son café, Mme Berger sortit. Elle revint à onze heures. Son visage tiré en disait long.

— Alors ? dit Lydia.

— Ils n'ont rien voulu me dire. J'ai pu joindre l'avocat et il est allé au commissariat.

La gorge serrée, elle s'efforçait de déjeuner quand on sonna. C'était le colonel Legrand et un inconnu. Derrière eux, il y avait les deux policiers de la veille — elle les reconnut tout de suite — et une femme d'aspect revêche. Le colonel demanda Mme Berger. Son anxiété l'avait amenée à la porte de la cuisine. En la voyant, l'étranger passa devant Lydia.

— Madame Léontine Berger ?

— C'est moi.

— Je suis M. Lucas, commissaire de police. J'ai ordre de fouiller la maison. — Il présenta sa plaque justificative. — Le colonel Legrand a été désigné par votre fils, Robert Berger, pour assister à la perquisition en son nom.

— Pourquoi voulez-vous fouiller la maison ?

— Vous n'allez pas, j'espère, m'empêcher de remplir ma mission ?

Elle lui jeta un regard de colère et de mépris.

— Si vous avez un ordre, je n'ai qu'à m'incliner.

Accompagné par le colonel et les policiers, le commissaire monta, pendant que la femme restait à la cuisine avec Mme Berger et Lydia. Il y avait deux chambres au premier, l'une assez grande, celle du jeune ménage, et une plus petite où Robert couchait avant son mariage. A part cela, une salle de bains avec un cabinet. Ils y passèrent près de deux heures. Quand ils redescendirent, le commissaire tenait la minaudière de Lydia.

— Où avez-vous trouvé ça ?

— C'est mon mari qui me l'a donnée.

— Et votre mari ?

— Il l'avait achetée à une femme qui avait perdu aux courses.

Le commissaire l'enveloppa d'un long regard. Ses yeux tombèrent sur le bracelet-montre de Lydia.

— Et ça, est-ce aussi votre mari qui vous l'a donné ?

— Oui.

Il n'ajouta rien. Il déposa la minaudière et rejoignit ses compagnons dans la double pièce, à la fois salle à manger et salon. Mais, au bout d'une ou deux minutes, Lydia entendit claquer la porte d'entrée et, par la fenêtre, elle vit un des policiers se hâter vers la grille et s'éloigner dans la voiture qui attendait. La jolie minaudière lui inspira une soudaine méfiance. Bientôt, pour permettre de fouiller la cuisine, Lydia et Mme Berger furent priées de passer au salon. Tout y était sens dessus dessous. La perquisition avait été minutieuse. Les rideaux gisaient sur le sol. Mme Berger tressaillit quand elle les vit et elle ouvrit la bouche, mais elle parvint à se taire. Comme les hommes, après être demeurés un certain temps dans la cuisine, traversaient le petit jardin pour se rendre au pavillon, elle ne put s'empêcher d'aller à la fenêtre. Elle tremblait. Lydia craignit que la femme l'eût remarqué. Mais elle tournait distraitement les pages d'un journal sportif. Lydia s'approcha de sa belle-mère et lui prit la main. Elle n'osait même pas murmurer qu'il n'y avait pas de danger. Quand Mme Berger vit qu'on dépendait les rideaux jaunes, sa main se crispa sur celle de Lydia, et, tout au plus, Lydia put-elle en la pressant tâcher de la rassurer. Les hommes restèrent dans la chambre presque aussi longtemps qu'au premier.

Pendant ce temps, l'autre policier revint. Au bout d'un moment, il ressortit et alla chercher deux pelles dans la voiture. Devant le colonel, les deux subalternes commencèrent à retourner la corbeille de fleurs. Le commissaire entra au salon.

— Voyez-vous une objection à vous laisser fouiller par cette dame ? demanda-t-il.

— Aucune.

Il se tourna vers Lydia.

— Alors, madame pourrait peut-être passer dans sa chambre ?

Lydia comprit pourquoi ils avaient été si longs. La chambre semblait avoir été mise à sac. Les vêtements de Robert étaient étalés sur le lit et ils avaient dû être examinés à fond. L'épreuve subie, le commissaire questionna Lydia sur la garde-robe de son mari. Elle eut vite fait de répondre, car il n'avait pas grand-chose : deux pantalons de tennis, deux costumes en plus de celui qu'il portait sur lui, un smoking et un « plus-four » ; et elle n'avait aucune raison de ne pas dire la vérité. La perquisition ne se termina qu'à sept heures passées. Mais le commissaire n'avait pas encore fini. Il prit sur une table la minaudière de Lydia.

— Ceci, je vais l'emporter et aussi votre montre, madame, si vous voulez bien me la confier.

— Pourquoi ?

— J'ai des raisons de croire que ce sont des objets volés.

Lydia le regarda avec désespoir. Mais le colonel s'avança.

— Vous n'en avez pas le droit. Votre mandat de perquisition ne vous permet pas d'emporter un seul objet.

Le commissaire sourit aimablement.

— En effet, monsieur, mais mon collègue s'est fait donner, sur mes instructions, les pouvoirs nécessaires.

Il fit un geste. L'homme qui était parti en voiture — pour une mission à présent claire — sortit de sa poche un papier et le lui tendit. Le commissaire le passa au colonel. Il le lut et le passa à Lydia.

— Il faut faire ce que veut M. le commissaire.

Elle détacha son bracelet-montre. Le commissaire le mit dans sa poche, avec la minaudière.

— Si mes soupçons sont mal fondés, ces objets vous seront rendus.

Quand, enfin, ils furent tous partis et que Lydia eut verrouillé la porte derrière eux, Mme Berger traversa en hâte le jardin. Lydia la suivit. Devant l'état des chambres, Mme Berger eut un cri de consternation. « Les brutes ! » Elle courut aux rideaux. Ils gisaient par terre. En voyant les ourlets défaits, elle s'écroula avec un hurlement sur le plancher et tourna vers Lydia un visage horrifié.

— N'ayez pas peur, dit Lydia. Ils n'ont pas trouvé les billets. Je les avais détruits. Je savais que vous n'en auriez pas le courage.

Elle aida Mme Berger à se relever. Mme Berger la regardait fixement. Elles n'avaient jamais abordé le sujet qui, depuis quarante-huit heures, les obsédait. Mme Berger étreignit le bras de Lydia et dit d'une voix dure :

— Je vous jure, par tout mon amour pour lui, que Robert n'a pas tué cet Anglais.

— Pourquoi dites-vous ça, quand vous savez comme moi qu'il l'a fait ?

— Allez-vous vous mettre contre lui ?

— En ai-je l'air ? Pourquoi aurais-je alors détruit ces billets ? Comment avez-vous pu croire qu'ils ne les trouveraient pas ? Un policier qui sait son métier ne pouvait manquer de voir une cachette aussi évidente.

Mme Berger lâcha le bras de Lydia. Son expression changea et un sanglot lui échappa. Soudain, elle étendit les bras, les jeta autour de Lydia et la pressa contre sa poitrine.

— Oh ! ma pauvre enfant, dans quel pétrin vous ai-je fourrée !

C'était la première fois que Lydia voyait Mme Berger trahir son émotion, lui témoigner une affection désintéressée. Des spasmes lui déchiraient la poitrine et elle s'accrochait à elle avec désespoir. Lydia était très calme. C'était horrible de voir ainsi brisée cette femme orgueilleuse.

— Je n'aurais jamais dû le laisser vous épouser, gémissait-elle. C'était criminel. Mais cela paraissait être sa seule chance. Jamais, jamais, jamais je n'aurais dû permettre.

— Mais je l'aimais.

— Je sais. Mais lui pardonnerez-vous jamais ? Et à moi, me pardonnerez-vous ? Je suis sa mère, ça ne change rien pour moi, mais vous, c'est différent. Comment votre amour pourra-t-il y résister ?

Lydia se dégagea. Elle saisit Mme Berger par les épaules et la secoua.

— Écoutez-moi. Ce n'est pas pour un mois ou pour un an que j'aime. J'aime pour toujours. C'est le seul homme que j'aie jamais aimé, le seul que j'aimerai jamais. Quoi qu'il ait fait, quoi que me réserve l'avenir, je l'aime. Rien ne me fera l'aimer moins. Je l'adore.

Le lendemain, les journaux du soir annoncèrent que Robert Berger avait été arrêté pour le meurtre de Teddie Jordan.

Quelques semaines plus tard, Lydia s'aperçut qu'elle était enceinte et elle comprit avec horreur que cela remontait à la nuit même du crime.

Le silence tomba entre Lydia et Charley. Ils avaient fini de dîner depuis longtemps et les autres clients étaient partis. Intéressé comme il ne l'avait jamais été, Charley avait écouté sans un mot l'histoire de Lydia. Le restaurant, cependant, s'était vidé et la serveuse avait visiblement hâte de les voir partir. Une ou deux fois, Charley avait été sur le point de se lever. Mais Lydia semblait parler en transes et quand leurs regards se rencontraient, il avait la sensation bizarre de ne pas être vu. Enfin, des Américains entrèrent, trois hommes et trois femmes, et demandèrent si l'on pouvait encore dîner. Prévoyant une bonne commande, car ils paraissaient très excités, la patronne assura que son mari faisait la cuisine lui-même. Si l'attente ne les effrayait pas, il leur préparerait tout ce qu'ils voudraient. Ils commandèrent des champagne-cocktails. Ils étaient là en joyeuse partie et leurs rires remplissaient le petit restaurant. Mais le récit de Lydia semblait envelopper sa table d'une atmosphère mystérieuse, impénétrable à la gaieté. Elle et Charley se trouvaient comme murés dans leur coin.

— Et vous l'aimez encore ? demanda Charley.

— De tout mon cœur.

Impossible de mettre en doute sa sincérité. Malgré lui, Charley frissonna. Il ne se sentait pas de la même espèce que Lydia. Cette violence des sentiments l'effrayait. Il était gêné, comme si, au bout d'une heure ou deux de conversation avec quelqu'un, il eût soudain découvert qu'il parlait avec un fantôme. Une question lui brûlait la langue. Il y pensait depuis vingt-quatre heures, mais la crainte de paraître puritain l'avait retenu.

— Dans ce cas, comment supportez-vous un endroit comme le Sérail ? N'auriez-vous pas pu trouver un autre moyen d'existence ?

— Facilement.

— Alors, je ne comprends pas.

— Après le procès, on a été très bon pour moi. J'aurais pu être vendeuse dans un grand magasin. Je sais bien coudre, j'ai fait mon apprentissage. On m'aurait procuré une place. Il s'est même trouvé un homme disposé à m'épouser si je divorçais.

Charley resta muet. Elle s'accouda sur la nappe à carreaux et se cacha le visage entre les mains. Charley lui faisait face et elle plongea dans ses yeux un long regard.

— Je veux expier.

Il la regarda sans comprendre. Ces mots, presque chuchotés, lui donnèrent un coup. Il éprouvait une sensation inconnue. Le voile peint aux couleurs riantes et familières qui, pour lui, représentait le monde semblait se déchirer sur un abîme de ténèbres.

— Au nom du ciel, que voulez-vous dire ?

— J'ai beau aimer Robert de toute mon âme, je sais qu'il a péché. J'ai senti que, désormais, la seule façon de servir serait de me soumettre à la dégradation la plus horrible. Au début, j'ai pensé à une de ces maisons où vont les soldats, les ouvriers et la lie d'une grande ville, mais j'ai craint d'avoir pitié de ces pauvres gars dont les visites hâtives et rares à ces endroits sont le seul plaisir. Le Sérail est pour les riches, les désœuvrés, les vicieux. Aucune chance, là, d'éprouver autre chose que de la haine pour les cochons qui achètent mon corps. Mon humiliation ressemble à une blessure infectée et incurable. Ce costume est pour moi une honte que l'habitude ne peut émousser. Je savoure ma souffrance. Je me délecte du mépris de ces hommes pour l'instrument de leur luxure. Je me réjouis de leur brutalité. Je suis en enfer, comme Robert. Ma souffrance rejoint la sienne, et peut-être l'aide-t-elle à supporter son sort.

— Mais il en est là à cause de son crime. Vous, vous n'avez rien fait. Pourquoi vous imposer une épreuve inutile ?

— Le péché doit être racheté par la souffrance. Comment, avec votre froide nature d'Anglais, pourriez-vous comprendre cet amour qui est toute ma vie ? Je suis à lui et il est à moi. Je serais dégoûtante, si j'hésitais à partager son calvaire. Autant que le sien, le mien est nécessaire pour expier son péché.

Charley hésita. Il n'était pas très religieux. Il avait été dressé à croire en Dieu, mais sans en sonder le mystère. A présent, il éprouvait du mal à s'exprimer, mais, dans sa situation, il paraissait presque naturel de dire des choses extraordinaires.

— Votre mari a commis un crime et en a été puni. C'est régulier. Mais comment voulez-vous qu'un Dieu pitoyable vous demande d'expier les méfaits d'un autre ?

— Dieu ? Qu'est-ce que Dieu vient faire là-dedans ? Comme si, devant la misère générale, je pouvais croire en lui ! Le Dieu qui a laissé les bolcheviks tuer mon pauvre bonhomme de père ! Savez-vous ce que je pense ? Pour moi, Dieu est mort depuis des millions et des millions d'années. Il a dû mourir quand il a sorti l'Univers de l'infini, et, depuis des siècles et des siècles, les hommes cherchent et adorent un être qui a cessé d'exister en les créant.

— Alors, je ne comprends plus. Si encore vous croyiez en un Dieu cruel qui exige œil pour œil et dent pour dent ! L'expiation, votre genre d'expiation, perd son sens s'il n'y a pas de Dieu.

— En effet. Il n'y a là-dedans rien de logique. Et pourtant, dans mon cœur et même dans tout mon être, je sais que je dois expier pour Robert. C'est la seule façon de le délivrer de son démon. D'une façon quelconque — comment ? je n'en sais rien — mon humiliation, ma dégradation purifieront son âme, et même si nous ne nous revoyons jamais, il me sera rendu.

Charley soupira. Tout cela lui paraissait bien étrange. Plus que jamais, il se sentait mal à l'aise avec cette Russe et ses divagations ; et, cependant, son aspect n'avait rien de spécial : une gentille petite femme, pas très bien habillée, une dactylo ou une employée des P.T.T. En ce moment, chez les Terry-Mason, on venait sans doute de commencer à danser. Ils devaient porter les bonnets de papier sortis des crackers à dîner. Certains garçons devaient être un peu éméchés, mais, sacrebleu ! le jour de Noël, c'était bien naturel. Et les baisers sous le gui, les taquineries, les rires : comme ils avaient dû s'amuser ! Cela paraissait très loin. Grâce à Dieu, cela existait, pourtant, dans le cadre des convenances et des traditions. Ici, c'était un cauchemar. Cette femme, avec sa terrible histoire et sa vie misérable, qui prétendait que Dieu était mort en créant le vaste monde. Pouvait-il y avoir quelque chose de vrai là-dedans et Dieu gisait-il mort au flanc de quelque grande chaîne de montagnes, sur une étoile éteinte ou fondue dans l'Univers ? Dans ce cas, c'était assez drôle de penser à lady Terry-Mason qui parcourait la maison, le matin de Noël, pour envoyer tout son monde à l'église. Et papa qui faisait chorus !

— Ne prenez pas cette tête-là, dit Lydia. Partons.

Ils suivirent la triste rue qui conduit de l'avenue du Maine à la rue de Rennes et, là, Lydia proposa d'aller voir pendant une heure les actualités. Puis ils prirent un bock et retournèrent à l'hôtel. Lydia ôta son chapeau et son tour de cou. D'un air pensif, elle regarda Charley.

— Si ça vous chante de coucher avec moi, vous pouvez, dit-elle sur le même ton que pour lui proposer d'aller à la Rotonde ou au Dôme.

Charley fut suffoqué. Ses nerfs se révoltèrent. Après de pareilles confidences, il n'aurait pu la toucher. La colère lui tordit la bouche. Il n'allait pourtant pas la laisser se servir de lui pour mortifier sa chair. Mais, toujours poli, il dit seulement :

— Oh ! je ne crois pas, merci !

— Pourquoi ? Je suis là pour ça et c'est pour

ça que vous êtes venu à Paris, n'est-ce pas ? N'est-ce pas ce qui vous attire tous ici, vous, les Anglais ?

— Je ne sais pas. En tout cas, ce n'est pas vrai pour moi.

— Que comptez-vous faire d'autre ?

— Voir des tableaux, par exemple.

Elle haussa les épaules.

— Comme vous voulez.

Elle entra dans la salle de bains. Son indifférence piqua Charley. Elle aurait pu lui savoir gré de sa délicatesse. Après tout, elle était son obligée. Ne lui devait-elle pas le vivre et le couvert, depuis vingt-quatre heures ? Il aurait bien eu le droit de se payer en nature. Pas même un remerciement pour son désintéressement. Il lui en voulait. Il se déshabilla et, quand elle sortit de la salle de bains, dans la robe de chambre de Charley, il alla se laver les dents. A son retour, elle était couchée.

— Ça vous gêne-t-il si je lis un instant avant de dormir ? demanda-t-il.

— Non. Je vais tourner le dos.

Il avait apporté un livre de Blake. Il se mit à lire. Bientôt, à la respiration calme de Lydia, il vit qu'elle dormait. Il parcourut encore quelques pages et éteignit.

C'est ainsi que Charley Mason passa le jour de Noël à Paris.

VII

Le lendemain matin, ils se réveillèrent tard. Après avoir pris leur café, lu les journaux, comme un vieux ménage, s'être baignés et habillés, il était près d'une heure.

— Prenons un cocktail au Dôme, proposa-t-il, et puis nous irons déjeuner. Où voulez-vous aller ?

— Il y a un très bon restaurant sur le boulevard. Seulement il est cher.

— Ça ne fait rien.

— En êtes-vous sûr ? — Elle le regarda. — Je ne tiens pas à vous faire trop dépenser. Vous avez été très gentil. Je ne veux pas profiter de votre bonté.

— Ne dites pas de bêtises, protesta-t-il en rougissant.

— Vous ne savez pas ce que ça représente pour moi, ces deux jours. Depuis des mois, je n'avais pas dormi comme la nuit dernière, sans m'éveiller et sans rêver. Je me sens toute rafraîchie. Toute différente.

En effet, elle paraissait beaucoup mieux. Sa

peau était plus claire, ses yeux plus brillants et elle se tenait plus droite.

— Vous m'avez offert un petit congé épatant. Ça m'a fait beaucoup de bien. Mais je ne veux pas vous encombrer.

— Vous plaisantez.

Elle eut un sourire ironique.

— Vous êtes très bien élevé, mon cher. C'est gentil à vous de le dire, et je suis si peu habituée à entendre des choses gentilles que ça me donne envie de pleurer. Mais vous êtes à Paris pour vous amuser. Vous savez à présent que ce ne sera pas avec moi. Profitez donc de votre jeunesse. Ça passe si vite. Offrez-moi à déjeuner aujourd'hui, si vous voulez, et, cet après-midi, je retournerai chez Alexëi.

— Et, ce soir, au Sérail ?

— Je le pense.

Elle réprima un soupir, haussa les épaules et sourit. Les sourcils froncés par l'incertitude, Charley la regarda avec pitié. Il se sentait grand et gauche, et sa santé radieuse, son sentiment de bien-être, la bonne humeur qui montait en lui, lui semblaient une offense. Il ressemblait à un riche étalant sa fortune devant un parent pauvre. Ce petit bout de femme en robe brune défraîchie paraissait bien frêle et, après cette bonne nuit, presque une enfant. Comment ne pas la plaindre ? Et quand on pensait à son histoire, à cette folie pénible, hallucinante de vouloir expier le crime de son mari par sa propre dégradation, le cœur se serrait. Rien ne comptait plus et, si le fameux séjour à Paris était raté, il fallait s'y résigner. Était-ce bien Charley qui parla ou une force indépendante de sa volonté ? Il ne sut même pas pourquoi il prononçait ces paroles.

— Je ne dois pas être au bureau avant lundi et je ne partirai que dimanche. Pourquoi ne resteriez-vous pas ici jusque-là ?

Le visage de Lydia s'illumina comme si un rayon de soleil hivernal s'était égaré dans la chambre.

— C'est sérieux ?

— Sans ça, je ne vous l'aurais pas proposé.

Elle s'affaissa sur une chaise.

— Oh ! ce serait un tel repos. Ça me redonnerait du courage. Mais je ne peux pas, je ne peux pas.

— Pourquoi ? à cause du Sérail ?

— Non. Je pourrais dire que j'ai la grippe. C'est à vous que je pense.

— Ça me regarde, n'est-ce pas ?

Charley trouvait un peu fort d'avoir à insister. Elle ne demandait qu'à accepter et il aurait tant aimé qu'elle refusât. Mais comment faire autrement ? Elle le regarda en face.

— Pourquoi me proposez-vous cela ? Vous ne tenez pas à moi, pourtant. — Il hocha la tête. — Que vous importe ma vie ou ma mort, mon bonheur ou mon malheur ? Il n'y a même pas quarante-huit heures que vous me connaissez. L'amitié ? Je suis pour vous une étrangère. La pitié ? Ce n'est pas de votre âge.

— Je vous en prie, pas de questions embarrassantes.

— Ça doit être par pure bonté. On dit toujours que les Anglais sont bons pour les animaux. Je me rappelle une de nos logeuses qui chipait notre thé et avait adopté un chien galeux.

— Si vous n'étiez pas si petite, quelle gifle ! riposta-t-il gaiement.

— Allons déjeuner, j'ai faim.

Pendant le déjeuner, ils parlèrent de choses indifférentes, mais, comme Charley, après avoir réglé l'addition, attendait la monnaie, elle lui dit :

— Sans blague, je peux rester avec vous jusqu'à votre départ ?

— Bien entendu.

— Vous ne savez pas ce que ce serait pour moi. Je meurs d'envie de vous prendre au mot.

— Pourquoi pas ?

— Ça ne sera pas très drôle pour vous.

— En effet, répondit-il franchement, avec un charmant sourire. Mais ça sera intéressant.

Elle rit.

— Alors, je vais aller chercher quelques petites choses chez Alexëi. Au moins une brosse à dents et des bas propres.

Ils se séparèrent au métro. Charley alla voir Simon. Après avoir demandé son chemin deux ou trois fois, il trouva la rue Campagne-Première. Simon perchait dans une grande caserne délabrée. La peinture des volets s'écaillait. Quand Charley passa la tête dans la loge de la concierge, il fut presque renversé par les relents de cuisine et d'humanité. Une petite vieille en jupe large, un mouchoir rouge crasseux sur la tête, lui expliqua d'un ton grincheux où Simon habitait et, quand il demanda s'il était là, elle lui répondit d'aller voir. Charley traversa une cour malpropre et monta un étroit escalier qui sentait le pipi de chat. Simon vivait au second étage. Quand Charley sonna, il vint ouvrir.

— Tiens ? Je me demandais ce que tu devenais.

— Je te dérange ?

— Non. Entre. Mais garde ton manteau. Il ne fait pas chaud, ici.

En effet, on gelait. Le studio était au nord. Absorbé par son travail — sa table était encombrée de papiers —, Simon avait oublié d'entretenir le feu. Il attira un fauteuil branlant devant le poêle et invita Charley à s'asseoir.

— Je vais remettre du charbon. Ça se réchauffera vite. Moi, je ne sens pas le froid.

Avec son ressort cassé, ce fauteuil manquait de confort. Les murs de l'atelier, d'un gris ardoise terne, avaient grand besoin d'un coup de peinture. Seules, de grandes cartes fixées par des punaises en coupaient la monotonie. L'étroit lit de fer n'avait pas été fait.

— La concierge n'est pas encore montée, dit Simon, en suivant le regard de Charley.

A part cela, il n'y avait qu'une longue table de salle à manger où écrivait Simon, quelques rayons de livres, un gros fauteuil comme dans les bureaux, deux ou trois chaises de cuisine chargées de bouquins et, devant le lit, un bout de tapis usé. La pâle lumière d'hiver ajoutait sa tristesse à ce cadre misérable. Une salle d'attente de troisième dans une petite gare n'aurait pas paru moins accueillante.

Simon poussa une chaise près du poêle et alluma sa pipe. Il avait deviné l'impression produite par ce taudis et grimaça un sourire.

— Pas très luxueux, hein ? Mais je ne tiens pas au luxe.

Charley ne répondit pas. Simon lui jeta un regard méprisant.

— Ce n'est même pas confortable, mais je ne tiens pas au confort. Personne ne devrait en dépendre. Beaucoup de types qu'on aurait pu croire plus sensés se sont laissé prendre à ce piège-là.

Charley ne manquait pas de malice et il n'était pas disposé à supporter les coups de patte de Simon.

— Tu as l'air d'avoir froid et de crever de faim, mon vieux. Si on allait au bar du Ritz se taper des œufs brouillés au bacon, bien au chaud et dans de bons fauteuils ?

— Fous-moi la paix. Qu'as-tu fait d'Olga ?

— Elle s'appelle Lydia. Elle est retournée chez elle pour prendre une brosse à dents. Elle restera avec moi jusqu'à mon départ.

— Pas possible ! Tu en es là ?

Les jeunes gens se dévisagèrent. Simon se pencha.

— Tu n'as pas le béguin, au moins ?

— Pourquoi nous as-tu réunis ?

— Pour rigoler. J'ai pensé que ce serait pour toi une occasion unique de coucher avec la femme d'un meurtrier célèbre. Et, pour tout te dire, je pensais qu'elle se toquerait peut-être de toi. Ça m'aurait fait tordre. Tu ressembles à Berger, mais en bigrement mieux.

Charley se rappela une remarque de Lydia pendant leur souper, après la messe de minuit. Sur le moment, il n'avait pas compris.

— Ça t'étonnera peut-être, mais il n'en est pas question. Tu n'auras pas lieu de te tordre.

— Alors, vous êtes ensemble depuis la veille de Noël ?

— Oui.

— Ça ne te va pas mal. Tu as bonne mine. Un peu pâle, peut-être.

Charley prit un air détaché. Pour rien au monde, il n'aurait avoué que ses relations avec Lydia étaient platoniques. Que de plaisanteries ! Simon l'aurait trouvé ridiculement sentimental.

— Tu aurais bien pu me prévenir avant de me fourrer dans ce guêpier, dit Charley.

Simon ricana.

— Ça m'amusait. Tu auras, au moins, quelque chose à raconter à tes parents. D'ailleurs, tu n'as pas lieu de te plaindre. Ça s'arrange très bien. Olga connaît son métier et t'en donnera pour ton argent. Et elle n'est pas bête. Elle a beaucoup lu et a plus de conversation que la plupart des femmes. Ça fera ton éducation, mon gosse. Est-elle toujours aussi folle de son mari ?

— Je le crois.

— C'est crevant, hein ? C'était une belle fripouille. Tu sais, je pense, pourquoi elle est au Sérail. Elle tâche de gagner assez d'argent pour le faire évader. Puis elle ira le rejoindre au Brésil.

Charley était déconcerté. Elle lui avait raconté qu'elle était là pour expier le péché de Robert et, malgré son extravagance, cette idée l'avait ému. Lydia avait donc menti ? Si Simon disait la vérité, elle s'était moquée de lui.

— J'ai fait le compte rendu du procès, poursuivit Simon. Comme le type tué par Berger était anglais, ça a fait du potin en Angleterre et on ne m'a pas mesuré la place. Je n'avais jamais assisté à un procès en France. J'étais curieux de comparer les méthodes anglaise et française. Si ça t'amuse, je te passerai mon reportage.

— Je te crois.

— Tu comprends, Berger n'avait rien d'un apache. C'était plutôt un monsieur. Sa famille était très honorable. Il avait été bien élevé, il parlait l'anglais pas mal du tout. Un des journaux l'a appelé le gentleman gangster et le surnom lui est resté. Ça a plu au public qui en a fait une vedette. A sa façon, il était aussi joli garçon, et jeune, vingt-deux ans. Les femmes en raffolaient. Dieu ! cette bousculade aux audiences ! Son entrée faisait sensation. On l'amenait entre deux gendarmes pour permettre aux photographes de le prendre avant l'arrivée des juges. Je n'ai jamais vu quelqu'un d'aussi calme. Il était très bien habillé et ne manquait pas de chic. Toujours rasé de frais et les cheveux nets. Ils étaient châtain foncé et très beaux. Il souriait et se tournait à droite et à gauche pour contenter tous les opérateurs. Tout à fait un de ces gigolos, pleins aux as, qu'on voit au bar du Ritz avec des poules. Et dire que c'était une canaille, un criminel-né. Certes, sa famille n'était pas riche, mais ils ne crevaient pas de faim, et il n'avait jamais couru après cent francs. J'ai troussé un assez joli article sur lui dans un hebdomadaire et les journaux français en ont publié des extraits. Ça m'a beaucoup servi, ici. Ma thèse était qu'il avait versé dans le crime par sport. Tu vois l'idée ? Au tennis, il était presque arrivé à la première classe et il avait été question de l'entraîner pour les championnats, mais, c'est drôle, dans les parties ordinaires il était excellent, bon service, rapidité au filet et tout et tout, mais, les grands jours, il se faisait toujours battre. Quelque chose clochait. Il n'avait pas la force de résistance, le je ne sais quoi du grand joueur. Un point de psychologie intéressant, je trouve. En tout cas, sa carrière au tennis fut interrompue à la suite de vols. De l'argent disparaissait au vestiaire chaque fois qu'il était là. On ne put jamais le prendre la main dans le sac, mais personne ne s'y trompa.

Simon ralluma sa pipe.

— Ce qui frappait surtout chez Berger, c'était cette combinaison de culot, de sang-froid et de charme. Certes, le charme est précieux, mais il ne va pas toujours avec le culot et le sang-froid. En général, les gens charmants sont faibles et irrésolus. Leur charme compense cette infériorité. Quelqu'un qui en a ne m'inspire jamais confiance.

Charley eut un regard amusé. Simon dénigrait une qualité dont il se savait dépourvu pour se convaincre de la supériorité des siennes.

— Berger n'était ni faible, ni irrésolu. Il a failli s'en tirer. Il a fallu que les policiers fussent rudement habiles pour l'avoir. Leur méthode n'a rien eu de sensationnel. Ils ont été simplement consciencieux et patients. Peut-être le hasard les a-t-il aidés, mais ils ont su en profiter, et c'est rare.

Simon prit l'air absent. De nouveau, il pensait à lui.

— Lydia ne m'a pas dit comment la police en était venue à le soupçonner, dit Charley.

— Quand ils l'ont questionné pour la première fois, ils ne se doutaient pas qu'il fût pour quelque chose dans le meurtre. Ils cherchaient un homme beaucoup plus costaud.

— Et Jordan, comment était-il ?

— Je ne l'ai jamais rencontré. C'était une gouape, mais, à sa façon, un bon type. Toujours prêt à vous offrir un verre et, si vous étiez fauché, à mettre la main à la poche. Tout le monde l'aimait. Il était petit, il avait été jockey, mais on l'avait prié de quitter l'Angleterre et, plus tard, nous avons appris qu'il avait fait neuf mois à Wormwood Scrubbs pour escroquerie. Il avait trente-six ans. Il vivait depuis dix ans à Paris. La police le croyait mêlé au trafic des stupéfiants, mais on n'avait jamais pu en trouver sur lui.

— Comment a-t-on eu l'idée d'interroger Berger ?

— Il était un des habitués du Jojo's Bar. Jordan y prenait ses repas. C'est un nid de bookmakers, de coureurs, de jockeys et de rabatteurs. La police en a naturellement interrogé autant qu'elle a pu. Tu comprends, Jordan avait rendez-vous avec quelqu'un, cette nuit-là — les deux verres et le gâteau le prouvaient — et ils ont pensé qu'il en avait peut-être dit un mot au bar. Ils le soupçonnaient d'avoir des mœurs spéciales et un des bonshommes du Jojo's avait pu le voir avec son type. Berger était assez copain avec Jordan, et Jojo, le patron du bar, l'avait vu plusieurs fois le taper. Il l'a dit à la police. Berger avait déjà eu affaire à la justice pour avoir fait passer de l'héroïne de Belgique en France ; ses deux complices avaient écopé, mais il avait réussi à s'en tirer. La police le savait coupable, et, si Jordan avait été de la partie et en était mort, Berger pouvait très bien connaître l'assassin. C'était un mauvais garçon. Il avait déjà attrapé deux ans avec sursis pour avoir volé des voitures.

— Ça, je le savais.

— Son système était simple. Il attendait de voir quelqu'un laisser sa Citroën devant le Printemps ou le Bon Marché et y entrer. Alors, avec un culot monstre, comme s'il sortait du magasin, il sautait dedans et démarrait.

— Les voitures n'étaient donc pas fermées ?

— Rarement. Et il avait plusieurs clefs Citroën. Il s'en tenait à cette marque. Pendant deux ou trois jours, il se servait de la voiture, puis il l'abandonnait et, quand il en voulait une autre, il recommençait. Il en a pris des douzaines. Il n'essayait jamais de les vendre. C'est ce qui m'a fourni le sujet de mon article. Il les chipait par blague et par goût du risque. Au procès, on a découvert autre chose. Il flânait dans sa voiture, près d'un arrêt d'autobus, à l'heure où les magasins ferment, et, s'il voyait une femme qui attendait son tour, il lui proposait de l'emmener. Il devait avoir de la psychologie et flairer la femme sensible aux avances d'un beau jeune homme. Donc, la poule montait et il partait dans la direction où elle voulait aller. En passant dans une rue plus ou moins déserte, il calait son moteur. Il faisait semblant d'être en panne et priait la belle de descendre, de lever le capot et de taquiner le carburateur pendant qu'il appuyait sur le démarreur. La femme obéissait, en laissant son sac et ses paquets dans la voiture. Une fois le moteur en marche, il démarrait, et, avant qu'elle eût compris, il avait disparu. Bien entendu, elle déposait une plainte, mais elle ne l'avait vu que dans l'obscurité, et tout ce qu'elle pouvait dire, c'était qu'il s'agissait d'un beau garçon, à la voix sympathique, l'air bien élevé, dans une Citroën. La police répondait qu'il était très imprudent d'accepter des promenades avec de beaux inconnus. Il n'a jamais été pris. Au procès, on a constaté que ces opérations avaient souvent dû être fructueuses.

» Donc, deux inspecteurs ont été le voir. Il n'a pas nié que, le soir du meurtre, il avait causé avec Jordan chez Jojo, mais il a dit qu'il était reparti vers dix heures et ne l'avait plus revu. Après un moment de conversation, ils l'ont prié de les accompagner au commissariat. Le commissaire chargé de l'enquête ne se doutait pas, tu comprends, que Berger était le meurtrier. Pour lui, Jordan avait été tué par un gigolo qu'il avait ramené chez lui ou par un type de la bande des stupéfiants, par vengeance. Dans ce dernier cas, il espérait pouvoir tirer des renseignements de Berger par la douceur, la ruse ou la brutalité.

» J'ai pu obtenir une interview du commissaire. Il s'appelait Lucas. Il n'avait pas du tout le physique de l'emploi. C'était un gros réjoui, avec des joues vermeilles, une moustache drue et des grands yeux noirs. Une bobine de bon vivant porté sur la gueule. Il était du Midi, et ça s'entendait. Son aspect bonhomme, son rire sonore inspiraient confiance. En fait, il avait obtenu des aveux dans des cas extraordinaires. Son endurance lui permettait de conduire un interrogatoire pendant seize heures de suite. En France, il n'y a pas de troisième degré à l'américaine, je veux dire pas de passage à tabac pour arracher des révélations. Ils amènent simplement le type dans une pièce et le laissent debout, ils ne lui permettent pas une cigarette et ne lui donnent rien à manger ; ils se contentent de lui poser des questions. Ça continue, ça continue, ils fument sous son nez et, quand ils ont faim, ils mangent ; et ainsi de suite toute la nuit, car c'est le moment où la force de résistance d'un homme est au plus bas. S'il est coupable, il faut qu'il ait un fameux cran pour ne pas tout déballer vers le matin, afin d'obtenir une tasse de café et une cigarette. Le commissaire n'a rien tiré de Berger. Il a reconnu que, à un certain moment, il avait été lié avec les contrebandiers d'héroïne, mais sans jamais avoir été leur complice. D'ailleurs, il avait été jugé et acquitté. Dans sa jeunesse, il avait fait des blagues. Cela lui avait servi de leçon. Après tout, ce n'est pas si grave d'emprunter des voitures pendant deux ou trois jours pour balader des poules, et, à présent qu'il était marié, plus question de ces fantaisies-là. Quant aux trafiquants de drogue, il ne les voyait plus depuis son procès et il ne savait pas que Jordan eût partie liée avec eux. Il a été très franc. Il a confié au commissaire qu'il adorait sa femme et tenait par-dessus tout à lui cacher son passé. Pour elle, autant que pour sa mère, il était décidé à mener désormais une vie honorable. Le gros poussah poursuivait ses questions d'une façon tout amicale. Il a applaudi aux bonnes résolutions de Berger, il l'a félicité d'avoir épousé par amour une jeune fille sans le sou, il leur a souhaité une nombreuse progéniture, joie du foyer et consolation des parents. Mais il avait le dossier de Berger ; il savait que dans l'affaire de l'héroïne, malgré le verdict négatif, il était sûrement coupable. D'ailleurs, il avait été renvoyé de chez son courtier et seule la restitution par sa mère de l'argent détourné lui avait épargné la condamnation. Depuis son mariage, il ne s'était nullement amendé. Il l'a questionné sur ses moyens d'existence. Berger a avoué qu'ils étaient maigres, mais sa mère avait quelques petites rentes ; il comptait avoir bientôt une situation et ça les renflouerait. Et l'argent de poche ? Il lui arrivait d'avoir la main heureuse aux courses et il présentait des clients aux bookmakers. C'est ainsi qu'il s'était lié avec Jordan et avait touché une commission. Parfois, on ne lui donnait rien du tout.

» — En effet, a constaté le commissaire. La veille de sa mort, vous avez dit que vous étiez à sec et vous lui avez emprunté cinquante francs.

» — Il a été très chic pour moi. Pauvre vieux ! Il va me manquer.

» Le commissaire regardait Berger avec ses yeux vifs et bienveillants et l'idée lui est venue qu'il n'était pas mal tourné. Eh ! eh ! Mais non, c'était idiot. Quand Berger disait qu'il avait rompu toute relation avec les trafiquants de drogue, il devait mentir. Après tout, il tirait le diable par la queue et il y avait là de l'argent à ramasser. S'il ne savait pas au juste qui était le coupable, il devait avoir son idée. Bien entendu, il ne la dirait pas, mais si l'on trouvait de l'héroïne chez lui, à Neuilly, ça pourrait lui délier la langue. Le commissaire voyait très bien Berger dénonçant un copain pour se tirer du pétrin. Il a décidé de le garder et de faire fouiller la villa avant qu'il n'ait rien pu faire disparaître. Pour la même raison, il lui a demandé l'emploi de son temps la nuit du crime. Berger a déclaré qu'il était parti de Neuilly assez tard pour aller à pied chez Jojo; il y avait trouvé un tas de copains qui arrivaient des courses. On lui avait offert deux ou trois verres et Jordan, dont la journée avait été bonne, avait payé son dîner. Après, il était resté là à traîner, mais la fumée lui faisait mal à la tête et il avait été se promener sur les boulevards. Vers onze heures, il était revenu au bar et y était resté jusqu'au moment d'attraper le dernier métro pour Neuilly.

» — En somme, vous êtes resté dehors juste assez longtemps pour tuer l'Anglais, a plaisanté le commissaire.

» Berger a éclaté de rire.

» — Vous n'allez tout de même pas m'accuser de ça?

» — Pas question, a dit l'autre en riant.

» — Croyez-moi, la mort de Jordan est une perte pour moi. Les cinquante francs qu'il m'a prêtés la veille de sa mort n'étaient pas les premiers qu'il me donnait. Ce n'était peut-être pas très chic, mais quand il avait quelques verres dans le nez, il n'était pas dur à taper.

» — Pourtant, ce jour-là, il avait gagné la forte somme et, s'il n'était pas ivre en sortant du bar, il était fort gai. Vous auriez pu trouver plus sûr d'en tirer quelques milliers de francs d'un seul coup, plutôt que cinquante de temps en temps.

» Le commissaire voulait surtout le taquiner. Et il ne trouvait pas mauvais de paraître le soupçonner. Cela lui délierait la langue. Berger a pris son argent dans sa poche et l'a posé sur la table. Il n'y avait pas dix francs.

» — Si j'avais volé la galette de ce pauvre Jordan, vous pensez bien qu'il me resterait plus que ça.

» — Mon petit, je ne pense rien. Je constate seulement que vous avez eu le temps de tuer Jordan et que son argent vous aurait été utile.

» Berger a eu son sourire désarmant.

» — D'accord, a-t-il dit.

» — Je vais être franc, a poursuivi l'autre. Je ne crois pas que vous ayez tué Jordan, mais, si vous ne savez pas qui l'a fait, vous devez bien avoir des soupçons?

» Berger a nié, et malgré l'insistance du commissaire, il ne s'est pas coupé. Il se faisait tard. Le commissaire a renvoyé au lendemain la suite de cette conversation. Une nuit en cellule ferait réfléchir Berger. Berger, qui avait déjà été arrêté deux fois, savait l'inutilité des protestations.

» Tu n'ignores pas que les trafiquants de stupéfiants emploient toutes sortes de trucs pour cacher leurs drogues : des cannes creuses, les talons des souliers, la doublure de vieux vêtements, les matelas et les oreillers, les bois de lit, les coins les plus inattendus. La police connaît toutes leurs ficelles et, s'il y en avait eu dans la maison de Neuilly, ils auraient mis la main dessus. Ils n'ont rien trouvé du tout. Mais, dans la chambre de Lydia, le commissaire est tombé sur une minaudière beaucoup trop chic pour une femme de cette condition. Elle avait aussi une montre qui se posait là. A l'en croire, c'était son mari qui lui avait donné tout ça, mais il était intéressant de découvrir comment il avait pu les payer. En revenant à son bureau, le commissaire s'est renseigné et il a appris que plusieurs femmes s'étaient plaintes d'avoir eu leur sac volé par un jeune homme qui leur avait offert une promenade en Citroën. Une des minaudières ainsi perdues était tout à fait celle de Lydia. Dans un autre sac se trouvait une montre en or : la montre de Lydia portait la même marque. De toute évidence, le mystérieux gigolo était Robert Berger. Cela ne paraissait pas donner la clef du meurtre, mais le commissaire y trouvait une arme de plus pour obliger Berger à manger le morceau. Il l'a fait amener et lui a demandé comment il avait eu la minaudière et la montre. Berger a dit qu'il avait acheté l'une à une poule dans la débine et l'autre à un type rencontré au bar. Il n'a pas pu donner leurs noms. C'étaient des inconnus avec qui il avait lié conversation et il ne les avait jamais revus. Alors, le commissaire l'a arrêté pour vol et, après l'avoir prévenu qu'il serait confronté le lendemain avec les deux femmes présumées ses dupes, il lui a conseillé d'avouer. Mais Berger s'en est tenu à son histoire et a refusé de répondre avant d'avoir un avocat. A présent qu'il était arrêté, il avait le droit d'exiger sa présence. Le commissaire a dû s'incliner et ç'a été tout pour cette nuit-là.

» Le lendemain matin, les deux femmes en question ont tout de suite reconnu les objets. Berger a été amené et l'une d'elles a identifié du premier coup son galant conducteur. L'autre hésitait ; il faisait nuit quand il lui avait proposé de la reconduire et elle n'avait pas bien vu son visage, mais elle pourrait peut-être reconnaître sa voix. Berger a été prié de lire quelques phrases dans un journal et elle s'est écriée : « C'est bien lui ! » Berger, il faut le dire, avait une voix spécialement douce et caressante. On a congédié les femmes et remis Berger sous clef. La minaudière et la montre étaient sur la table du commissaire et il les regardait distraitement. Soudain, son expression s'est tendue.

Charley protesta :

— Simon, qu'en sais-tu ? Tu brodes !

Simon se mit à rire.

— Je brode un peu. Je te raconte mon premier article... Donc, il a fait appeler un de ses hommes et lui a demandé si Berger portait un bracelet-montre au moment de son arrestation et, dans ce cas, de l'apporter. Rappelle-toi, tout ça est ressorti au procès. Le flic a été chercher la montre. Elle était en plaqué — on appelle ça de l'aureum, je crois — et à cadran rond. Les journaux avaient donné beaucoup de détails sur le meurtre. Par exemple, que le couteau de l'assassin n'avait pas été retrouvé et, par hasard, c'était exact ; et aussi que la police n'avait pas relevé d'empreintes. On aurait dû en découvrir sur le portefeuille de cuir de Jordan ou sur la poignée de la porte. Ils en ont déduit que le meurtrier portait des gants. Mais, ce qu'ils n'avaient pas dit, car la police l'avait caché, c'était que, en promenant un peigne fin sur le parquet de Jordan, on avait ramassé les débris d'un verre de montre. Il ne provenait pas de la montre de Jordan ni, nécessairement, de celle du meurtrier, mais, par peur ou précipitation, un coup contre un meuble ou n'importe quelle déveine, le meurtrier pouvait avoir cassé le verre de sa montre. Sur le moment, il n'avait pas dû le remarquer. On n'avait pas retrouvé tous les morceaux, assez cependant pour voir que la montre était petite et oblongue. Le commissaire les avait gardés dans une enveloppe, roulés dans du papier de soie, et il les a étalés devant lui. Ils se seraient adaptés à la montre de Lydia. Simple coïncidence, peut-être. Il en existe des milliers de cette forme et de cette taille. La montre de Lydia avait un verre. Mais le commissaire retournait dans sa tête diverses possibilités. Elles paraissaient tellement tirées par les cheveux qu'il a haussé les épaules. Certes, pendant les trois quarts d'heure que Berger déclarait avoir passés sur les boulevards, il aurait eu tout le temps d'aller chez Jordan, à dix minutes à pied du Jojo's Bar, commettre le crime, se laver les mains, se rajuster et revenir ; mais pourquoi aurait-il porté la montre de sa femme ? Il en avait une à lui. La sienne pouvait être cassée. Pensif, le commissaire hochait la tête.

Charley se mit à rire.

— Vraiment, Simon ?

— Tais-toi. Il a envoyé des policiers en bourgeois chez tous les horlogers dans un rayon de trois kilomètres autour de la villa de Berger. Il s'agissait de savoir si, la semaine précédente, on avait réparé une montre en simili or ou remis un verre à une petite montre de dame à cadran oblong. Au bout de quelques heures, un des types est venu dire qu'un des horlogers, à cinq minutes de chez Berger, avait réparé une montre correspondant à la description. La cliente était venue la chercher et, en même temps, l'avait prié de remettre un verre à une autre montre. Elle était revenue une demi-heure après. Ses traits, il ne s'en souvenait pas, mais elle avait l'accent russe. Les deux montres ont été présentées à l'horloger. Le commissaire rayonnait comme si on lui avait collé sous le nez un grand plat de bouillabaisse dans le Vieux Port de Marseille. Il tenait son bonhomme.

— Comment ça ?

— C'est bien simple. Berger avait cassé sa montre et emprunté celle de Lydia. Elle sortait à peine et n'en avait pas besoin. Dans ce temps-là, c'était une fille calme, modeste, assez timide, ayant peu d'amis et plutôt apathique. Au procès, deux témoins ont juré qu'ils avaient remarqué cette montre au poignet de Berger. Jojo, qui était un indicateur, en savait long sur lui et il s'était demandé d'où elle venait. D'un ton indifférent, il avait questionné Berger et Berger avait répondu que c'était celle de sa femme. Lydia avait été chercher la montre de son mari le lendemain du meurtre et en avait profité pour faire remettre un verre à la sienne. Elle n'en avait pas parlé et Berger n'avait jamais su qu'il l'avait brisé.

— Ce n'est tout de même pas là-dessus qu'il a été condamné ?

— Non. Mais ça a suffi au commissaire pour l'inculper de meurtre. Il estimait, à juste titre, qu'une nouvelle preuve surgirait. Pendant les interrogatoires, Berger s'est comporté avec une habileté et un sang-froid extraordinaires. Il admettait ce qui pouvait être contrôlé et n'a plus essayé de nier le vol de tous ces sacs; il a reconnu qu'après sa condamnation il avait continué à chiper des voitures; c'était facile et le risque l'excitait, mais, quant au meurtre, il n'y était pour rien. Ces bouts de verre qui s'adaptaient à la montre de Lydia, qu'est-ce que cela prouvait? Elle a, d'ailleurs, juré qu'elle l'avait cassée elle-même. Le juge d'instruction s'étonnait de ne pas retrouver trace de l'argent volé et, en fait, on ne l'a jamais revu. Autre détail troublant: il n'y avait pas de sang sur le costume porté par Berger ce soir-là. Le couteau manquait aussi. Berger en avait un — dans ce milieu, c'était normal — mais il prétendait l'avoir perdu depuis un mois. Les policiers, comme je te l'ai dit, ont assez bien travaillé. Il n'y avait d'empreintes ni sur les voitures volées ni sur les sacs. Une fois vidés, il les jetait dans la rue. Certains étaient tombés entre les mains de la police. Il devait porter des gants. On en a trouvé une paire, en cuir, dans ses affaires, mais il paraissait peu probable qu'il les eût mis pour aller chez Jordan et, d'après l'emplacement du corps — Jordan changeait un disque au moment où il fut frappé —, Berger n'avait pas pu le tuer en entrant dans la pièce. D'ailleurs, ils étaient trop épais pour tenir dans sa poche et, au bar, quelqu'un les aurait remarqués. Bien entendu, la photo de Berger avait paru dans les journaux et la police a fait appel à la presse. Toute personne qui se rappelait avoir vendu, vers telle date, des gants probablement gris à un jeune homme en gris, était priée de se présenter. Les journaux ont fait tout un tam-tam. Ils ont de nouveau publié sa photo avec cette question : « Lui avez-vous vendu les gants qu'il portait pour tuer Teddie Jordan ? »

» Une chose qui m'a toujours frappé, c'est l'empressement diabolique des gens à dénoncer leurs semblables. A les entendre, c'est par esprit civique. Je n'en crois rien. Ce n'est même pas, en général, par désir de faire parler d'eux : c'est, tout simplement, la bassesse de la nature humaine, avide du malheur d'autrui. En Angleterre, nous passons pour avoir un système d'espionnage épatant pour découvrir les fraudes fiscales et, en cas de divorce, les comédies que jouent parfois les conjoints. Il n'y a pas un mot de vrai. Les lettres anonymes suffisent. Il y a un tas de gens prêts à sauter sur l'occasion d'empêcher leur prochain de sortir du pétrin.

— C'est charmant, dit Charley, mais il ajouta, avec bonne humeur : J'espère que tu exagères !

— Enfin, une vendeuse du rayon de ganterie, aux Trois-Quartiers, une femme dans les quarante ans, est venue dire qu'elle avait vendu, le jour du meurtre, une paire de gants gris, en suédine, à un jeune homme. Il lui avait tapé dans l'œil. Il tenait au ton exact de son costume gris et à une pointure assez large pour pouvoir les enfiler sans peine. Berger a été amené au milieu d'une dizaine de jeunes gens et elle l'a désigné tout de suite. Mais, comme l'avocat l'a fait observer, ce n'était pas malin après avoir vu sa photo dans les journaux. Puis ils ont mis la main sur l'un des douteux amis de Berger. Celui-là l'avait rencontré, la nuit du crime, marchant non pas dans la direction des boulevards, mais plutôt vers chez Jordan. Il lui avait serré la main et ses gants l'avaient frappé. Mais ce témoin-là était une canaille. Il avait un casier judiciaire chargé et, au procès, le défenseur de Berger l'a violemment attaqué. Berger affirmait ne pas l'avoir vu ce soir-là et le défenseur a essayé de persuader le jury que le type avait inventé ça pour se faire bien voir de la police. L'embêtant, c'était le pantalon. On a beaucoup parlé dans les journaux du chic de Berger, le gangster élégant, etc. A lire tout ça, on aurait dit que ses costumes venaient de Saville Row et ses chemises de chez Charvet. L'accusation tenait à prouver sa dèche et l'on a fait la tournée des fournisseurs pour savoir s'ils avaient eu à représenter des factures. Pour le ménage, tout, paraît-il, était payé comptant. Quant aux vêtements, Berger n'avait rien commandé depuis qu'il avait perdu sa place, sauf un costume gris. Le policier a demandé quand il avait été réglé et le tailleur a montré ses livres. C'était un tailleur qui, pour faire des affaires, travaillait sur mesure à bas prix. On a vu ainsi que Berger avait commandé deux pantalons. La police avait la liste complète de sa garde-robe et le deuxième pantalon n'y figurait pas. Ils ont compris tout de suite l'importance de la découverte et ils ont décidé de ne pas en souffler mot jusqu'au procès.

» Je te garantis que le moment où le procureur a lancé cette bombe était palpitant. Sans aucun doute, Berger avait eu deux pantalons pour son costume gris et l'un avait disparu. Quand on l'a interrogé, il n'a même pas tenté une explication. Il n'a pas paru désarçonné. Il a dit qu'il ne savait pas qu'il manquait. Depuis des mois, il attendait en prison d'être jugé et il n'avait pas pu ouvrir son armoire. Un des policiers chargés de fouiller la maison, en voyant un pantalon neuf, pouvait fort bien l'avoir chipé. Mais Mme Berger avait une explication toute prête, et je dois dire ingénieuse. Elle a dit que Lydia avait repassé le pantalon, comme chaque fois que Robert l'avait porté. Le fer était trop chaud et elle l'avait brûlé. Il tenait à ses vêtements et on avait eu de la peine à payer le costume; il aurait été furieux et, pour ne pas faire attraper la pauvre Lydia, Mme Berger avait proposé de ne rien dire; elle se débarrasserait du pantalon et peut-être Robert ne le remarquerait-il même pas. Elle prétendait l'avoir donné à un pauvre. La marque de la brûlure était indélébile. Le pantalon n'était plus mettable et, quand on lui a dit qu'un stoppage aurait suffi, elle a répondu que le prix aurait dépassé la valeur du pantalon. Alors, le procureur de la République a fait remarquer que, dans leur situation difficile, Berger aurait pu le porter dans la maison. Il aurait mieux valu risquer une scène que de sacrifier un vêtement encore utilisable. Mme Berger a dit qu'elle n'y avait pas pensé. Elle l'avait donné sans réfléchir, pour s'en débarrasser. Le procureur a riposté qu'elle voulait s'en débarrasser à cause des taches de sang; elle ne l'avait pas donné à ce pauvre, survenu avec tant d'à-propos, elle l'avait détruit. Mme Berger a énergiquement protesté. Alors, où était le pauvre? Il lirait l'incident dans les journaux et, sachant la vie d'un homme en jeu, ne manquerait pas de se présenter. Elle s'est tournée vers la presse avec un geste dramatique : « Que tous ces messieurs, s'est-elle écriée, le clament partout ! Suppliez-le de venir sauver mon fils ! »

» Elle était magnifique. Le procureur l'a soumise à un interrogatoire serré ; elle s'est battue comme une lionne. Il a revu en détail la vie du jeune Berger et elle a reconnu tous ses méfaits, depuis l'épisode du club de tennis jusqu'à ses vols chez le courtier qui, après sa condamnation, avait, par charité, consenti à le reprendre. Elle s'est donné tous les torts. En France, les témoins sont beaucoup moins bridés qu'en Angleterre et elle a attribué les erreurs de Robert à la façon dont elle l'avait élevé. Il était fils unique et elle l'avait gâté. Son mari, amputé d'une jambe perdue à la guerre en soignant les blessés sous la mitraille, avait sans cesse besoin de ses soins et elle en avait négligé ses devoirs maternels. La fin prématurée du père avait laissé le pauvre enfant sans guide. Elle a attendri le jury en insistant sur leur douleur quand la mort leur avait pris le chef de la famille. Son fils avait été sa seule consolation. Elle l'a montré emporté, sensible aux mauvaises influences, mais plein de cœur et, malgré tous ses défauts, incapable de tuer un homme qui avait toujours été bon pour lui.

» Pourtant, elle avait fait mauvaise impression. Sa façon d'insister sur sa propre honorabilité la desservait. Même en défendant son fils adoré, elle ne ratait pas une occasion de placer qu'elle était fille d'un officier d'état-major. Elle était en noir, élégante, trop peut-être, elle avait l'air de vivre au-dessus de ses moyens et le calcul se lisait sur ses traits volontaires. Elle n'avait pas une tête à donner une croûte de pain, encore moins un pantalon, même abîmé, à un pauvre.

— Et Lydia ?

— Lydia était pathétique. Son visage était gonflé par les larmes et sa voix ressemblait à un souffle, on l'entendait à peine. Personne n'a cru qu'elle avait cassé le verre de la montre, mais le procureur n'a pas été dur comme pour la belle-mère. Elle était trop visiblement une victime. Mme Berger et Robert s'étaient servis d'elle sans vergogne. La cour trouvait assez naturel qu'elle fît tout son possible pour sauver son mari. Elle a dit combien il avait été toujours bon et gentil. De toute évidence, elle en était folle. Son regard vers lui, en arrivant à la barre, était émouvant. Dans cette foule de témoins, policiers et détectives, geôliers, tenanciers de bar, indicateurs, psychiatres — on en avait convoqué deux pour étudier le cas de Berger et il faut voir le tableau qu'ils en avaient brossé ! —, de toute cette foule, te dis-je, elle seule semblait avoir des sentiments humains.

» Me Lemoine, un des meilleurs avocats d'assises, défendait Berger. Il était très grand, maigre, avec une longue face blême, des yeux de braise et une tignasse toute noire. Je n'ai jamais vu des mains plus éloquentes. En robe noire, avec son rabat blanc, il était magnifique. La voix était profonde, puissante. Il rappelait ces silhouettes mystérieuses peintes par Longhi. Il était à la fois acteur et orateur. Un regard lui suffisait pour exprimer son opinion sur un homme et un silence pour réduire à néant ses déclarations. Si tu avais vu cet art de manœuvrer les témoins à charge, cette bonhomie pour les amener à se contredire. Et comme il savait faire éclater leur bassesse, ridiculiser leurs allégations... Il pouvait être persuasif ou brutal. Quand les experts ont déposé leurs conclusions — après des examens répétés, ils avaient jugé Berger vaniteux, arrogant et menteur, insensible, dénué de sens moral, sans scrupules et incapable de remords — il a raisonné avec eux en psychologue professionnel. C'était un régal de voir la souplesse de ses parades et l'imprévu de ses attaques. En général, il parlait sur le ton de la conversation, avec sa voix de charmeur et des mots choisis. Tout ce qu'il disait aurait pu être imprimé sans retouches. Mais, à la fin, quand il a fait donner la grosse artillerie, l'effet a été stupéfiant. Il insistait sur la fragilité des preuves. Il jetait la suspicion sur les témoins, il semait sous leurs pas des pelures d'oranges. Avec quelle autorité il montrait l'accusation incapable de rien avancer pour justifier une condamnation ! Parfois, passant au ton familier, il semblait parler au jury d'homme à homme. Puis il s'excitait jusqu'à l'envolée d'une plaidoirie passionnée. Sa voix montait, s'amplifiait en volume et finissait par résonner comme un roulement de tonnerre. Alors, c'était un silence à donner la chair de poule. La péroraison a été admirable. Il a adjuré les jurés de faire leur devoir selon leur conscience, mais il les a suppliés de faire abstraction du tort causé par les fautes reconnues, d'ailleurs, par l'accusé et sa voix baissait et tremblait d'émotion. Bon Dieu ! si tu avais entendu ça ! Il leur a rappelé que celui dont le procureur réclamait la tête était le fils d'une veuve, elle-même fille d'un soldat qui avait bien mérité de la patrie et femme d'un officier victime de son devoir. Berger venait de se marier et de se marier par amour. Sa jeune épouse portait à présent le fruit de leur union. Allaient-ils laisser cet innocent venir au monde avec le stigmate d'un père assassin ? Des boniments ? Certes ! Mais tout le monde pleurait. J'ai failli en faire autant. Seulement, j'ai vu les larmes rouler sur les joues de Berger, il se tamponnait les yeux avec un mouchoir et cela m'a paru si comique que je suis resté froid. Mais j'ai dû me raidir et tous les huissiers du monde n'auraient pu empêcher les applaudissements qui ont éclaté quand Me Lemoine s'est rassis.

» Le procureur était un fort gaillard, haut en couleur, de trente-cinq ou quarante ans, avec une bonne tête de paysan. Il suait la satisfaction de soi. Ce cas représentait pour lui une chance unique de se tailler un succès et d'obtenir de l'avancement. Il était verbeux et confus et si, par moments, le président du tribunal ne lui avait pas tendu la perche, le jury l'aurait à peine compris. Il donnait dans le plus bas mélo. Comme Berger venait de faire une plaisanterie à l'un de ses gardiens, il lui a dit : « Vous riez maintenant, mais vous ne rirez plus quand, les bras liés derrière le dos, tremblant, déchiré de remords, vous avancerez dans la lumière grise de l'aube et que la guillotine se dressera devant vous. »

» Berger a jeté au gardien un regard amusé, mais si méprisant que, sans sa vanité de paon, le procureur aurait dû être désarçonné. Il fallait voir comment Lemoine l'a traité. Des compliments exagérés, chargés d'une telle ironie que, malgré sa suffisance, le procureur a bien dû sentir la pointe de ces traits empoisonnés. La malice de Lemoine s'alliait à la plus exquise courtoisie. Une lueur approbatrice a même passé dans les yeux du président du tribunal. Je doute fort que ce cas-là ait beaucoup servi la carrière du procureur.

» Assis à leur banc, dans leur robe rouge et avec leur toque noire carrée, les trois juges ne manquaient pas d'allure. Il y en avait deux d'âge moyen, qui n'ont pas ouvert la bouche. Le président était un petit vieux au visage simiesque et à la voix fatiguée et blanche, mais très observateur ; il écoutait avec attention et s'exprimait sans sévérité, avec un calme effrayant. Il possédait la modération du monsieur sans illusions qui, sachant depuis longtemps l'homme capable de toutes les vilenies, trouve cela naturel, comme d'avoir deux bras et deux jambes. Quand le jury est sorti pour délibérer, nous, les journalistes, nous sommes allés discuter le coup et siroter un café. Nous espérions que ça ne traînerait pas trop, car il se faisait tard et nous voulions remettre notre papier. Nous étions convaincus que Berger serait déclaré coupable. Ce qui m'a toujours frappé, aux assises, c'est combien le compte rendu diffère de la réalité. La preuve paraît alors bien légère. Vous vous dites que, si vous aviez été dans le jury, vous auriez accordé à l'accusé le bénéfice du doute. Mais vous oubliez l'ambiance. Elle fait tout voir sous un jour différent. Au bout d'une heure environ, le jury est tombé d'accord et nous sommes rentrés. On a ramené Berger et, comme les juges entraient à la queue leu leu, tout le monde s'est levé. Les lumières avaient été allumées et cette salle de tribunal était sinistre. As-tu jamais été à Old Bailey ?

— Ma foi non !

— Quand je suis à Londres, j'y vais souvent. C'est un bon endroit pour apprendre à connaître la nature humaine. La différence d'atmosphère d'un tribunal français m'a vivement frappé. A Old Bailey, on sent le prisonnier devant la majesté de la loi. Il a à lutter contre quelque chose d'impersonnel : la justice dans l'abstrait. En fait, contre une idée. Mais dans ce tribunal français, pendant les deux jours que j'y ai passés, je n'ai pas senti planer une abstraction solennelle. L'appareil de la loi paraissait uniquement destiné à garantir la sécurité, la propriété et les privilèges de la société bourgeoise. Je ne mets pas en doute le bien-fondé du procès de Berger ni l'impartialité du jugement, mais on devinait bien plus, dans cette condamnation, la réaction d'une communauté sur la défensive que sa volonté de maintenir un principe. Ici, je te le répète, le prisonnier lutte contre des hommes. Chez nous, c'est contre une idée, une idée fatalement victorieuse, même si le ciel devait crouler. C'est la terreur qui plane et non l'angoisse ou le respect. Le verdict a été la culpabilité avec circonstances atténuantes.

— Quelles étaient les circonstances atténuantes ?

— Il n'y en avait pas, mais le jury français répugne à envoyer un homme à la guillotine et les circonstances atténuantes excluent la peine capitale. Berger s'en est tiré avec quinze ans de travaux forcés.

Simon regarda sa montre et se leva.

— Il faut que je m'en aille. Je te passerai ma prose sur le procès et tu pourras la lire tranquillement. Tiens, voilà l'article que j'ai écrit sur le crime considéré comme un sport. Je l'ai montré à ta belle, mais il n'a pas dû lui plaire. En tout cas, elle me l'a rendu sans un mot.

VIII

Comme il ne voulait pas lire les articles de Simon devant Lydia, Charley, en quittant son ami, entra au Dôme, commanda du café et se plongea dans leur lecture. Il était content d'avoir un récit complet de l'affaire, car les confidences de Lydia manquaient de clarté. Elle avait tout raconté pêle-mêle. Les trois longs articles de Simon s'enchaînaient et, tout en ignorant des détails connus de Charley par Lydia, il avait mis debout une histoire pittoresque et facile à suivre. Il écrivait presque comme il parlait, en style de journaliste, mais il avait très bien brossé les décors du drame. Ce milieu interlope était sinistre. Vivant de combines, se méfiant les uns des autres, prêts à trahir leur meilleur ami, la main ouverte, joyeusement cyniques, ces gangsters semblaient aimer leur existence hasardeuse. Ça, c'était vivre ! Chacun opérait contre le voisin, mais le danger perpétuel les maintenait en forme. Un homme en abattait un autre pour un rien, mais il était tout aussi capable de se priver pour apporter des douceurs à un camarade à l'hôpital.

L'atmosphère dont Simon avait habilement imprégné son récit mettait Charley mal à l'aise. Le monde qu'il connaissait, monde paisible et heureux, ressemblait à un beau lac où se reflètent les nuages pommelés et les saules. Des garçons insouciants rament dans les canoës et leurs belles laissent traîner leurs doigts dans l'onde claire. Mais, presque à fleur d'eau, des algues allongent leurs tentacules pour les saisir ; des serpents venimeux, des poissons aux mâchoires cruelles se déchirent dans une guerre incessante et cachée. A certains détails, Charley devinait la fascination exercée sur Simon par ces bas-fonds secrets. Tant d'indulgence envers ces anormaux et ces gredins provenait-elle de la curiosité ou d'une attirance morbide ?

Dans ce milieu, Berger s'était trouvé tout de suite dans son élément. Son éducation lui valait un certain prestige. Son aisance et sa situation sociale plaisaient à ses associés, mais aussi les mettaient sur leurs gardes. Ils le savaient un vaurien et, chose curieuse, cela les choquait chez un garçon de bonne famille. En général, il opérait seul, sans complices et sans conseillers. Ils se sentaient méprisés par lui, mais, quand il revenait enthousiasmé d'un concert et en parlait avec compétence, ils en demeuraient éblouis. Ils ne savaient pas combien il se plaisait en leur compagnie. Chez sa mère et avec les amis de sa mère, il étouffait. La platitude de cette vie bourgeoise l'agaçait. Après sa condamnation pour vol d'une voiture, il avait dit à Jojo, dans un de ses rares moments d'expansion : « A présent, me voilà affranchi. Quelle guigne que papa soit mort ! Il m'aurait fichu dehors et j'aurais pu vivre à mon idée. Mais je ne peux pas plaquer ma vieille. Elle n'a que moi. » — « Le crime ne paie pas, observa Jojo. » — « A vous voir, on ne le dirait pas, dit Robert en riant. Mais, l'intéressant, ce n'est pas la galette : c'est le sport ! »

Charley remit les coupures de journaux dans sa poche et, les sourcils froncés, tâcha de se remémorer tout ce qu'il savait sur Berger pour se créer une opinion. C'était vite fait, et d'ailleurs exact, de le déclarer un indésirable, mais trop simpliste pour être satisfaisant. Charley se demandait si les hommes n'étaient pas plus compliqués qu'il ne le croyait. Par exemple, la passion de Robert pour la musique, surtout la musique russe, qui, par malheur pour Lydia, l'avait rapproché d'elle. Charley aussi était mélomane. Il connaissait un plaisir sensuel et intellectuel quand, malgré la griserie de la beauté, il suivait la subtilité d'un développement musical. Pour la première fois, il analysa les sensations qu'il avait éprouvées en écoutant une des grandes symphonies : un complexe d'émotions, de transports et, en même temps, de paix, d'élan vers le prochain ; un besoin de chercher le contentement dans la beauté, une langueur voluptueuse et un détachement singulier. Peut-être, s'il fallait donner un nom à la synthèse de ces sentiments, était-ce le bonheur ?

Mais que représentait la musique pour Berger ? Rien de tout cela, sans doute. Fallait-il, pourtant, mépriser ses émotions musicales ?

La musique ne le libérait-elle pas du démon tout-puissant dont il ne pouvait ni ne voulait s'affranchir, de l'appel au crime, expression de sa nature perverse ? Dans la lutte contre la loi et l'ordre, il réalisait sa personnalité. Ne trouvait-il pas dans la musique un relâchement de cette hantise et, un moment calmé, n'apercevait-il pas, dans une soumission divine, comme à travers une déchirure des nuages, une vision d'amour et de bonté ?

Charley connaissait l'amour. Il savait combien il vous fait voir l'humanité en beau et vous inspire l'envie de prévenir le moindre désir de la bien-aimée, de lui épargner toute peine. Ces sentiments-là, tout le monde devait les éprouver et Berger comme les autres. Sans aucun doute, il adorait Lydia, mais, si l'amour le haussait jusqu'à la... — Charley se cabrait devant le mot qui lui venait à l'esprit, il en rougissait presque — jusqu'à la sainteté, comment avait-il pu commettre un crime aussi crapuleux ? Il y avait sûrement deux hommes en lui. Avec ses vingt-trois ans, Charley demeurait perplexe. Des gens plus âgés et plus sages n'ont jamais compris à quelle pureté de sentiments peut atteindre une canaille amoureuse. Et comment Lydia pouvait-elle encore aimer son mari sans réserves s'il était vraiment aussi méprisable ?

— La nature humaine demande un peu de compréhension, murmura-t-il.

Sans le savoir, il venait de dire une grande vérité. Mais, devant la passion de Lydia, qui dominait toutes ses actions, toutes ses pensées, comme un accompagnement soutenant la ligne mélodique de sa vie quotidienne, il reculait terrifié, mais fasciné, comme devant une forêt en feu ou un fleuve en crue. En comparaison, ses passades n'avaient été que des flirts très banals, et l'émotion dont, parfois, ils illuminaient sa vie monotone, de la sentimentalité de gosse. Une telle passion chez cette petite femme quelconque ? On la sentait non seulement dans ses propos, mais dans sa façon de vous tenir à distance. Et il y avait aussi la profondeur de ses yeux clairs, sa moue quand elle ne se croyait pas observée, les inflexions graves de sa voix traînante. Cette passion explosive n'avait rien de civilisé. Malgré ses hauts talons, ses bas de soie, son costume tailleur, Lydia n'était pas une femme de nos jours, mais une sauvage aux instincts primitifs, gardant encore quelque chose de la brute simiesque d'où descend l'être humain.

— Dieu ! Dans quel pétrin me suis-je fourré ! répéta Charley.

Il reprit l'article de Simon. Le style en était plus soigné que celui de ses comptes rendus. Sous l'ironie, on devinait une curiosité malsaine devant l'aventurier affranchi de tout scrupule. En somme, une étude intelligente, mais déplaisante par son manque de sensibilité. Simon avait réussi à pénétrer chez Berger et il se moquait du salon prétentieux, mal aéré et de mauvais goût. Un mélange de Louis XV et d'Empire. Le mobilier Louis XV, en bois doré, sculpté, recouvert de soie bleue à fleurettes roses ; les fauteuils Empire en satin jaune clair. Une table dorée à dessus de marbre encombrait le milieu de la pièce. Tout cela sentait le faubourg Saint-Antoine et avait dû être acheté dans une vente. On pouvait à peine bouger et il n'y avait pas un siège confortable. Sur les murs, de grands tableaux à l'huile, dans des cadres trop dorés, épaves, sans doute, de la salle Drouot.

L'accusation avait donné une raison plausible du meurtre. Jordan s'était toqué de Berger. Il l'invitait à déjeuner et à dîner, lui passait des tuyaux et lui prêtait de l'argent. Enfin, Berger avait consenti à venir chez lui et, pour ne pas faire jaser au bar, ils en étaient sortis à quelques minutes de distance. Comme, d'après la concierge de Jordan, personne, ce soir-là, ne l'avait demandé, ils avaient dû entrer ensemble. Jordan habitait au rez-de-chaussée. Sans quitter ses beaux gants neufs, Berger s'était assis pour fumer une cigarette, pendant que Jordan allait chercher le whisky et le gâteau dans la cuisine. Chez lui, il se tenait volontiers en manches de chemise et il avait ôté son veston. Il avait mis un disque. Le vieux gramophone n'avait pas de changement automatique et, pendant que Jordan plaçait un nouveau disque, Berger, venu derrière lui comme pour regarder le titre, l'avait poignardé dans le dos. La défense soutenait qu'il n'aurait pas eu la force de porter un coup aussi violent. C'était absurde. Au tennis, la puissance de son drive était connue. Seul, un défaut psychologique le rendait incapable de gagner.

Simon adoptait la thèse de l'accusation, tout au moins pour les faits et la raison de l'invitation de Jordan, mais, selon lui, Berger n'avait pas tué pour voler l'argent gagné par Jordan ce jour-là. D'abord, il avait acheté les gants avant de savoir que Jordan serait spécialement en fonds. L'argent n'avait pas été retrouvé. Berger avait dû l'emporter avec plaisir, mais cela n'avait pas été le mobile du crime. D'après les rapports de police, il avait volé entre cinquante et soixante voitures sans jamais essayer d'en vendre une ; il les abandonnait au bout de quelques heures, quelques jours au plus. Il les chipait pour s'en servir, mais surtout pour se faire la main. Sa façon d'escroquer les femmes n'était qu'un amusement sans grand bénéfice. Pour réussir, il fallait exercer son charme. A l'idée de ces femmes abandonnées, muettes de surprise et bouche bée dans une rue déserte, il devait se tordre. Chaque succès le réjouissait comme, au tennis, un *lob* adroit ou un bon *drop shot*. Cela lui donnait confiance en lui. Le risque, la nécessité d'avoir du sang-froid, des réactions rapides devant le danger l'avaient, beaucoup plus que l'espoir de gros profits, poussé vers la contrebande des stupéfiants. L'alpinisme aussi exige un pied sûr et une tête solide. Votre vie dépend de vos nerfs, de votre force, de vos réflexes. Mais, une fois les difficultés vaincues et le but atteint, quel sentiment de délivrance, de victoire ! A coup sûr, il avait soutiré beaucoup d'argent à son courtier, mais par petites sommes aussitôt dépensées avec Lydia dans les boîtes de nuit et les parties de campagne, et au Jojo's Bar. Au moment de l'arrestation, il ne lui restait pas un sou et il avait été pris par hasard. Sa méthode était si adroite qu'il aurait pu continuer toujours. Là encore, il paraissait avoir agi surtout pour la drôlerie de la chose. Le patron se croyait si malin qu'il n'avait pu résister à la tentation de le rouler, avait-il confié à son avocat.

Mais Berger avait épuisé l'intérêt des petits délits. En prison préventive, il s'était lié avec un cambrioleur spécialisé dans les bijoux, dont les récits l'avaient passionné. D'abord, il y avait le choix de la victime. Puis, l'étude de ses habitudes, l'examen des lieux. Il fallait découvrir non seulement la cachette des bijoux et la façon de s'introduire dans la maison, mais aussi les possibilités de fuite en cas d'alerte, et, enfin, attendre l'occasion. Des mois s'écoulaient avant la réalisation. C'était ce qui rebutait Berger. Il avait le cran, l'agilité et le sang-froid, mais non la patience de préparer son coup avec cette minutie. Simon comparait Berger à un homme qui, après avoir tiré pendant des années perdreaux et faisans, éprouve tout à coup le besoin d'un sport plus dangereux, et se met à chasser les grands fauves. Personne ne savait quand l'idée du meurtre s'était emparée de Berger. Sans doute lui était-elle venue peu à peu. Comme un artiste en plein effort de création sait qu'il ne retrouvera pas la paix avant d'avoir enfanté son œuvre, Berger sentait qu'en tuant il réaliserait sa personnalité. Ensuite, apaisé, il pourrait mener avec Lydia une vie sans histoire. Ses instincts seraient satisfaits. C'était un crime monstrueux, il y risquait sa tête, mais c'était justement ce qui le tentait.

Charley cessa de lire. Vraiment, Simon passait la mesure. Un crime commis dans un moment de colère pouvait encore s'expliquer, mais, en arriver là, pas même pour de l'argent, mais par sport, par besoin de détruire et d'affirmer sa personnalité ! Simon était-il sincère ou cherchait-il à épater le lecteur ? Son beau visage rembruni, Charley reprit l'article.

Peut-être, poursuivait Simon, Berger se serait-il

tenu tranquille si les circonstances ne lui avaient pas fourni la victime. Souvent, attablé au bar, avec un copain, l'idée de le tuer avait dû lui traverser l'esprit, aussitôt écartée, à cause de la difficulté et des suites trop certaines. Mais Jordan était l'homme rêvé. Un étranger, avec beaucoup de relations et pas d'amis, vivant seul, dans une impasse et compromis dans le trafic de la drogue. La police croirait à une vengeance de gangsters. Si elle ignorait ses mœurs spéciales, elle ne manquerait pas de les découvrir et d'attribuer le crime à quelque inverti, déçu par son manque de générosité. Entre tant de souteneurs, maîtres chanteurs, marchands de drogue et mauvais garçons, comment savoir qui aurait fait le coup ?

En tout cas, la police ne serait pas fâchée d'être débarrassée d'un métèque suspect. Si l'enquête traînait, on étoufferait l'affaire. Berger amorçait Jordan comme un pêcheur amorce une truite. Il acceptait des rendez-vous et les décommandait. Il promettait et se dédisait. Si Jordan, exaspéré, menaçait de rompre, il jouait de son charme pour le rattraper. Jordan croyait mener la poursuite, mais c'était Berger qui le traquait, comme un chasseur suit, dans la jungle, la piste d'une bête craintive, convaincu qu'elle finira par tomber entre ses mains. Une fois le petit book étendu mort à ses pieds, il n'avait dû éprouver ni peur ni remords, seulement un éréthisme total.

Charley avait terminé sa lecture. Il frissonna. Était-il plus horrifié par la traîtrise et l'insensibilité de Berger ou par la volupté froide avec laquelle Simon démontait le mécanisme de ce cerveau dépravé ? A la vérité, cette analyse sortait de son imagination, mais quel instinct le poussait à fouiller, de son crochet, cette poubelle ? Qui sait si, penché avidement sur l'âme de Berger comme sur un abîme, Simon ne s'était pas demandé — rien, dans ses phrases prudentes, d'une ironie à fleur de peau, ne permettait, d'ailleurs, de le supposer — s'il aurait eu l'audace nécessaire pour accomplir un geste aussi atroce et inutile ?

Charley soupira.

« Voilà près de quinze ans que je connais Simon. Je commence à croire que je ne sais rien de lui. »

Mais il eut un sourire heureux. Il y avait son père, sa mère et Patsy. Demain, ils quitteraient les Terry-Mason, exténués de ces journées joyeuses, mais contents de retrouver leur intérieur élégant et confortable.

« Dieu merci, ce sont de braves gens normaux. Avec eux, on sait où l'on en est. »

Une vague d'affection le submergea.

Il se faisait tard. Lydia allait revenir et il ne voulait pas la faire attendre, elle aurait le cafard, la pauvre, dans cette chambre ennuyeuse. Il fourra l'article dans sa poche avec les autres coupures et retourna à l'hôtel. Il avait eu tort de se bousculer. Lydia n'était pas là. Il prit *Mansfield Park*, le seul livre avec les poèmes de Blake qu'il eût apporté. Quel plaisir de se retrouver avec ces personnages de bonne compagnie ! Après plus d'un siècle, ils semblaient aussi vivants que les contemporains. Charley oublia l'histoire louche à laquelle il se trouvait mêlé. La pièce triste et pauvre disparut. Il se vit assis sur une pelouse, sous un grand cèdre, par un bel après-midi d'été.

Des champs, au-delà du jardin, montait l'odeur des foins. Mais il commença à avoir faim et regarda sa montre. Huit heures et demie. Pas de Lydia. Peut-être ne reparaîtrait-elle pas. Ce ne serait pas très gentil de le quitter ainsi, sans explication. Il haussa les épaules.

— Si elle ne revient pas, tant pis !

Pourquoi attendre plus longtemps ? Il sortit pour dîner, en laissant un mot pour elle au portier.

Le personnel le traitait avec une familiarité discrètement complice. Charley se demandait s'il devait en être flatté ou irrité. Le concierge souriait avec complaisance et la jeune caissière paraissait tout excitée. A l'idée de leur surprise indignée s'ils avaient connu la chaste vérité, Charley eut envie de rire. Quand il revint de son dîner solitaire, elle n'était pas encore là. Il monta à sa chambre et reprit son livre, mais, cette fois, en pensant à autre chose. Si, à minuit, elle n'était pas rentrée, il irait faire la fête. C'était trop bête de passer près d'une semaine à Paris sans en profiter.

Mais, peu après onze heures, elle entra, avec une petite valise très râpée.

— Ce que je suis fatiguée ! dit-elle. J'ai rapporté quelques affaires. Je me pomponne un peu et nous irons dîner.

— Vous n'avez pas dîné ? Moi, c'est fait.

— Vraiment ?

Elle paraissait surprise.

— Il est onze heures et demie.

Elle rit.

— Ces Anglais ! Comme s'il fallait toujours dîner à la même heure !

— J'avais faim, répondit-il assez sèchement.

Elle aurait bien pu s'excuser. Elle n'y songeait guère.

— Aucune importance. Je ne tiens pas à dîner. Quelle journée ! Alexëi était saoul. Il s'est attrapé ce matin avec son fils qui n'était pas rentré de la nuit, et Paul l'a mis knock-out. Eugénie pleurait et répétait tout le temps : « Dieu nous punit pour nos péchés. Voilà mon fils qui bat son père. Que va-t-il nous arriver ? » Alexëi pleurait aussi. « C'est la fin de tout, gémissait-il, les enfants ne respectent plus leurs parents. Oh ! Russie, Russie ! »

Charley faillit pouffer, mais il vit que Lydia prenait cette affaire très à cœur.

— Et vous avez pleuré aussi ?

— Bien entendu.

Elle portait une robe de soie noire, simple, mais bien coupée. Son teint clair en paraissait plus délicat et le bleu de ses yeux plus profond. Le chapeau noir à plumes, de forme hardie, lui allait mieux que son vieux feutre. L'élégance lui donnait une gracieuse assurance. Elle n'avait plus l'air d'une demoiselle de magasin, mais d'une personne assez distinguée, et plus jolie que Charley ne l'avait encore vue. Elle paraissait moins facile que jamais. Avant, on la prenait pour une ouvrière capable de se défendre ; à présent, pour une jeune mondaine prête à rembarrer un gigolo trop entreprenant.

— Vous avez changé de robe, dit Charley, rasséréné.

— Oui, c'est la seule convenable que j'aie. C'était trop humiliant pour vous de promener une souillon. Après tout, c'est bien le moins pour un beau gars plein de chic que les gens ne disent pas quand il entre au restaurant avec une femme : « Comment peut-il sortir avec une poule aussi moche ? » Je veux au moins vous faire honneur.

Charley se mit à rire. Elle était vraiment gentille.

— Eh bien ! allons vous chercher quelque chose à manger. Je vous tiendrai compagnie. Vous devez mourir de faim.

Ils sortirent, pleins d'entrain. Charley but un whisky en fumant sa pipe, pendant que Lydia engloutissait une douzaine d'huîtres et un bifteck aux pommes de terre frites. Elle lui raconta tout au long sa visite à ses amis russes. Leur situation l'inquiétait. Seuls, les enfants gagnaient un peu d'argent. Un de ces jours, Paul en aurait assez d'apporter sa part et disparaîtrait dans l'équivoque vie nocturne de Paris. Une fois fripé, il finirait, s'il avait de la chance, comme garçon d'hôtel borgne. Alexëi sombrait dans l'ivrognerie. Il ne serait plus capable de garder un emploi. Désemparée devant les difficultés, Eugénie avait perdu courage.

— Voyez-vous, il y a vingt ans qu'ils ont quitté la Russie. Pendant longtemps, ils ont espéré y retourner, mais, à présent, il ne faut plus y compter. Pour ce genre de gens, ça a été dur, la révolution. Toute cette génération n'a plus qu'à crever.

L'idée vint à Lydia que ces inconnus ne devaient guère intéresser Charley. Elle ne s'en doutait pas, mais, pendant qu'elle parlait, il pensait, le cœur serré, à Simon : n'était-ce pas un sort pareil qu'il leur préparait, à lui, sa famille et ses amis ?

— Qu'avez-vous fait cet après-midi ? demanda Lydia, pour changer de sujet. Avez-vous été voir des tableaux ?

Elle le regardait avec un intérêt amical.

— Non, j'ai été chez Simon.

Elle se rembrunit.

— Je n'aime pas Simon. Que voyez-vous donc en lui ?

— Je le connais depuis mon enfance. Nous avons été ensemble au collège et à Cambridge. Il a toujours été mon ami. Qu'est-ce que vous lui reprochez ?

— Il est froid, calculateur, inhumain.

— Ce n'est pas vrai. Personne ne sait mieux que moi combien il est capable d'affection. C'est un isolé. Il soupire sans doute après un amour qu'il ne peut pas inspirer.

Une lueur d'ironie passa dans les yeux tristes de Lydia.

— Vous êtes très sentimental. Comment inspirerait-on l'amour quand on n'est pas prêt à tout donner de soi-même ? Vous le connaissez depuis des années, mais pas aussi bien que moi. Il vient beaucoup au Sérail ; il monte rarement avec une femme, et, encore, c'est surtout par curiosité. Madame se met en frais pour lui : il est journaliste et elle tient à ménager la presse, et il amène parfois des étrangers qui ne regardent pas à prendre du champagne. Il cause souvent avec nous et l'idée qu'il nous dégoûte ne l'effleure même pas.

— D'ailleurs, s'il le savait, ça ne lui ferait ni

chaud ni froid. Il chercherait seulement à comprendre pourquoi. Il n'a pas de vanité.

Lydia eut l'air de n'avoir rien entendu.

— Il nous considère à peine comme du bétail humain, poursuivit-elle. Il nous méprise, et, cependant, il vient chez nous. Il s'y sent à l'aise. Nous sommes tombées si bas qu'avec nous il peut jeter le masque. Il se croit tout permis ; il nous pose des questions ignobles sans voir à quel point il nous choque.

Charley se taisait. Il savait combien l'insatiable curiosité de Simon pouvait être gênante. Devant l'effet produit, il n'éprouvait que surprise et mépris. Il mettait volontiers son âme à nu et ne se doutait pas que la réserve des autres était due à leur pudeur et non à leur stupidité.

— Pourtant, il a parfois des gestes inattendus. Une de mes compagnes est subitement tombée malade. Le docteur a dit qu'il fallait l'opérer d'urgence et Simon l'a lui-même emmenée dans une clinique pour lui épargner l'hôpital et a payé le chirurgien. C'est encore lui qui a fait les frais de sa convalescence.

— Ça ne m'étonne pas. Pour lui, l'argent ne compte pas. En tout cas, vous voyez qu'il est capable de désintéressement.

— Ou tenait-il à observer sur lui-même les réactions de la bonté ?

Charley se mit à rire.

— Évidemment, le pauvre Simon n'est pas votre genre.

— Il a beaucoup causé avec moi. Il me faisait parler sur la révolution russe et il aurait voulu connaître Alexëi et Eugénie pour les interroger aussi. C'est lui, vous le savez, qui a fait le compte rendu du procès de Robert. Il a essayé de me soutirer un tas de détails. Il a couché avec moi dans l'espoir de m'en faire raconter plus long. Dans toute cette douleur, cette horreur, cette honte, il n'a vu qu'une occasion de faire de l'esprit et il m'a donné son article à lire pour voir comment je le prendrais. Jamais je ne lui pardonnerai, jamais.

Charley soupira. Avec son étonnante insensibilité, Simon n'avait pas dû lui montrer cet article pour la blesser, mais pour juger de l'effet produit et savoir s'il avait vu juste.

— Il n'est pas comme les autres, dit Charley. Certes, tout en lui n'est pas plaisant, mais il a de grandes qualités. En tout cas, s'il ne ménage pas son prochain, il ne se ménage pas non plus. Je ne l'avais pas vu depuis deux ans. Il a beaucoup changé, et je suis frappé par sa personnalité.

— Vous voulez dire qu'il est effrayant ?

Charley s'agita sur son fauteuil de peluche, car c'était aussi son sentiment.

— Il mène une vie extraordinaire. Il travaille seize heures par jour. Et dans quelle saleté et quel inconfort ! Il s'est entraîné à ne faire qu'un repas par jour.

— Et pourquoi ?

— Il veut fortifier son caractère, se rendre indépendant des circonstances, et se préparer au rôle qu'il croit être appelé à jouer plus tard.

— Et vous a-t-il dit quel est ce rôle ?

— Pas précisément.

— Avez-vous entendu parler de Dzerjinski ?

— Non.

— Simon m'a beaucoup parlé de lui. Autrefois, Alexëi a été avocat, très brillant, libéral, et c'est lui qui a défendu Dzerjinski à l'un de ses procès. Ça n'a pas empêché Dzerjinski de l'arrêter comme contre-révolutionnaire et de l'envoyer pour trois ans à Alexandrovsk. C'est une des raisons pour lesquelles Simon tenait tant à connaître Alexëi. Et quand j'ai refusé de l'emmener pour ne pas lui laisser voir la dégradation de cette pauvre épave, il m'a chargée de lui poser un tas de questions.

— Mais qui était Dzerjinski ?

— Le chef de la Tcheka. Le véritable maître de la Russie. Son pouvoir sur la vie et la mort de toute la population ne connaissait pas de limites. C'était un monstre. Il a emprisonné, torturé, tué, des milliers de gens. Au début, l'intérêt de Simon pour ce misérable m'a intriguée ; il semblait fasciné par lui, et puis, j'ai compris. C'est ce rôle-là qu'il compte jouer dans la révolution qu'il prépare. Il sait que le maître de la police est maître du pays.

Les yeux de Charley pétillèrent.

— Vous me donnez la chair de poule. Mais, vous savez, l'Angleterre n'est pas la Russie. Simon pourra attendre longtemps avant d'être dictateur chez nous.

Sur ce sujet, Lydia ne supportait pas la plaisanterie. Elle lui jeta un regard noir.

— Il saura attendre. Lénine n'a-t-il pas attendu ? En êtes-vous encore à croire les Anglais faits d'une pâte spéciale ? Pensez-vous que le prolétariat, toujours plus conscient de son pouvoir, va laisser votre classe jouir indéfiniment de ses privilèges ? Comme si une guerre, victorieuse ou non, pouvait aboutir à autre chose qu'un grand soulèvement social !

Charley ne s'occupait pas de politique. Comme son père, il avait des idées libérales, favorables à un socialisme modéré, à condition de le maintenir dans les limites de la prudence, autrement dit, de respecter son confort et ses rentes. Il trouvait naturel de laisser les responsables gouverner le pays, mais les questions agressives de Lydia appelaient une réponse.

— On dirait vraiment que nous ne faisons rien pour les classes laborieuses. Vous n'avez pas l'air de vous douter que, depuis cinquante ans, leur sort a changé du tout au tout. Elles travaillent moins et gagnent plus. Leurs maisons sont plus agréables. Tenez, dans notre domaine, nous liquidons les taudis aussi vite que possible. Nous avons donné des retraites, des allocations de chômage. L'école, l'hôpital sont gratuits et nous commençons à accorder des congés payés. L'ouvrier anglais n'est vraiment pas à plaindre.

— Le bienfaiteur et l'obligé voient un bienfait d'un œil différent. Comment voulez-vous que l'ouvrier vous soit reconnaissant d'avantages arrachés, le couteau sur la gorge ? Il sait bien qu'ils sont dus plus à votre peur qu'à votre générosité.

Son ton dramatique déconcerta Charley. Elle ne pouvait rien prendre avec légèreté. Ces femmes-là ne savent pas vous demander le sel sans prendre des airs de catastrophe. Il fallait être indulgent. Elle n'avait pas eu de chance, la pauvre. Mais l'avenir était-il vraiment si noir ?

— Parlez-moi de Dzerjinski, dit-il, en estropiant un peu le nom.

— Tout ce que je sais de lui, je le tiens d'Alexëi. Le plus remarquable, c'était sa faculté de vous tenir sous son regard pendant très, très longtemps. L'expression vitreuse de ses pupilles dilatées était terrifiante. Très grand et maigre, il avait attrapé la tuberculose en prison. Il n'était pas laid, il avait des traits réguliers. Un individualisme absolu — c'était le secret de sa force —, un tempérament froid, sec. Jamais il n'a dû s'accorder le moindre plaisir sans arrière-pensée. Seul, son travail l'intéressait. Il trimait jour et nuit. Au sommet de sa carrière, il vivait dans un trou à rats, avec seulement un bureau et un vieux paravent qui masquait un petit lit de fer. On dit que l'année de la famine, quand on lui apportait un bon morceau au lieu de viande de cheval, il le renvoyait et demandait les mêmes rations que les autres types de la Tcheka. Il ne vivait que pour sa Tcheka. Il n'y avait en lui rien d'humain, ni amour, ni pitié. Seulement du fanatisme et de la haine. Il était implacable.

Charley sourit avec indulgence.

— Écoutez, Simon a ses défauts, comme nous tous. Il faut lui pardonner. Sa vie n'a été ni heureuse ni facile. Je crois qu'il a un besoin fou d'affection alors qu'il y a dans sa personnalité quelque chose qui repousse. Il a une sensibilité maladive et des riens le piquent au vif. Mais, au fond, il est bon et généreux.

— Quelle illusion ! Vous lui attribuez votre gentille nature et votre manque d'égoïsme. Je vous le dis, il est dangereux. Dzerjinski, c'était l'illuminé borné, capable de sacrifier sans remords son pays à son idéal. Simon, ce n'est même pas ça. Il n'a ni cœur, ni conscience, ni scrupules. Au besoin, il vous jettera par-dessus bord, vous, son ami le plus cher, sans la moindre hésitation.

IX

Le lendemain, ils s'éveillèrent de bonne heure. Ils déjeunèrent au lit, chacun avec son plateau, et, ensuite, pendant que Charley lisait le *Daily Mail* en fumant sa pipe, Lydia, une cigarette aux lèvres, se fit les mains. On eût dit d'un jeune couple dont la passion s'est transformée en une paisible amitié. Lydia se peignit les ongles et étendit ses doigts sur le drap pour les faire sécher. Elle jeta à Charley un regard malicieux.

— Que diriez-vous d'un tour au Louvre ? Vous êtes venu à Paris pour voir des tableaux, n'est-ce pas ?

— Après tout, oui.

— Eh bien ! levons-nous, et en route.

Quand, en apportant leur café, la femme de chambre avait tiré les rideaux, le jour paraissait gris et froid comme les autres matins, et ils furent surpris, en sortant, par le changement de temps. Il faisait froid, mais le soleil brillait. Très haut sur l'azur, se détachaient des nuages blanc argenté et l'air glacé fouettait le sang.

— Allons à pied, dit Lydia.

Dans cette lumière gaie, la rue de Rennes perdait son aspect terne et les vieilles maisons, leur air découragé et miteux. Elles paraissaient doucement accueillantes comme si, dames âgées, tombées dans la gêne, elles se fussent consolées à l'idée de partager les caresses de ce soleil imprévu avec les grands immeubles neufs de la Rive droite.

Pour traverser la place Saint-Germain-des-Prés, encombrée d'autobus, de taxis, de camions et de voitures de maîtres, Lydia prit le bras de Charley et, comme des amoureux ou un ménage d'épiciers le dimanche après-midi, ils descendirent l'étroite rue de Seine, en s'arrêtant aux devantures. Ils arrivèrent aux quais. Charley poussa une exclamation de plaisir devant la beauté de cette journée d'hiver.

— Ça vous plaît ? demanda Lydia en souriant.

— C'est un tableau de Raphaël.

Il se rappela un vers d'un poème lu à Tours :

Le vierge, le vivace et le bel aujourd'hui.

L'air vibrait. Il semblait qu'on eût pu le laisser couler entre les doigts, comme de l'eau. Sa transparence étonnait Charley, habitué aux perspectives brumeuses et à la pénombre de Londres. Il faisait ressortir les bâtiments, le pont, le parapet au bord de l'eau avec une netteté élégante, mais les contours, comme dessinés par une main légère, ne perdaient rien de leur grâce. Tendre était la couleur du ciel et des nuages et de la pierre : les teintes des pastels du XVIIIe. Les branches, sans feuilles, presque mauves, tendaient contre le bleu leur dentelle compliquée et délicate. Les tableaux avaient rendu ce paysage familier à Charley et il pouvait en goûter toute la douceur. Sa beauté le rendait heureux comme un paysan qui retrouve, après des années, la grand-rue de son village natal.

— La vie est belle, s'écria-t-il.

— Oui, pour vous qui êtes jeune et enthousiaste, dit Lydia, en lui pressant le bras.

Charley connaissait bien le Louvre. Chaque fois que ses parents passaient quelques jours à Paris — pour commander les robes de Venetia chez la petite couturière qui ne le cédait en rien aux grandes maisons — ils ne manquaient pas d'y conduire leurs enfants. Leslie ne cachait pas sa préférence pour les modernes.

— Et, après tout, un gentleman doit connaître les principaux musées d'Europe. Quand les gens parlent de Rembrandt ou de Titien, on a l'air d'un idiot, si on ne peut pas placer son mot...

Grâce à son habitude du Louvre et aux utiles commentaires de sa mère, Charley, accompagné de Lydia, entra au Salon Carré, avec l'assurance du bon joueur de tennis arrivant sur le court. Il avait hâte de lui montrer ses tableaux favoris et de lui en expliquer les beautés. A sa surprise, tout était changé et *la Joconde*, qu'il aurait voulu lui montrer en premier, paraissait introuvable. Ils n'y restèrent que dix minutes. Avec ses parents, Charley y avait passé une heure et, à en croire sa mère, ils n'en avaient pas épuisé les trésors. Mais *l'Homme au gant* avait gardé son ancienne place et il emmena Lydia de ce côté. Ils le contemplèrent.

— Épatant, hein ? dit-il en lui pressant le bras.

— Oui, c'est bien. Qu'est-ce que ça peut vous faire ?

Charley tourna la tête. Jamais on ne lui avait posé une question pareille à propos d'un tableau.

— Que voulez-vous dire ? C'est un des tableaux les plus célèbres. Un Titien.

— Je le sais bien. Et après ?

Charley ne savait que répondre.

— Eh bien ! c'est très beau, admirablement peint. Évidemment, ce n'est pas très profond, si c'est ce que vous entendez.

— Pas du tout, dit-elle en souriant.

— Je ne peux pas dire que ce soit vraiment mon genre.

— Alors, pourquoi vous y arrêtez-vous ?

Lydia entraîna Charley. Elle jeta sur les autres tableaux un regard indifférent.

Charley se creusait la tête pour la comprendre. Elle eut un sourire amusé.

— Venez, dit-elle. Je vais vous montrer des tableaux.

Elle le prit par le bras. Soudain, il aperçut *la Joconde*.

— La voilà ! Je m'arrête. Je lui fais toujours une visite quand je viens ici.

— Pourquoi ?

— Enfin ! c'est le chef-d'œuvre de Léonard. Une des toiles les plus importantes du monde.

— Importante pour vous ?

Charley commençait à la trouver agaçante. Où voulait-elle en venir ? Son bon caractère reprit le dessus.

— Un tableau peut compter pour les autres et pas pour moi.

— Mais, il n'y a que vous qui importiez. En ce qui vous concerne, l'unique sens d'un tableau, c'est celui qu'il a pour vous.

— C'est un point de vue bien égoïste.

— Et ce tableau vous dit vraiment quelque chose ?

— Beaucoup de choses, mais je ne me sens pas capable de les exprimer mieux que Pater. Par malheur, je n'ai pas la mémoire de ma mère. Elle peut citer le passage entier.

Mais en parlant, il sentit la faiblesse de sa réponse. Il commençait à voir l'idée de Lydia et à deviner confusément que, peut-être, y avait-il dans l'art quelque chose dont on ne lui avait pas parlé. Par bonheur, il se rappela une phrase de sa mère à propos de l'*Olympia*, de Manet.

— Je ne vois pas la nécessité d'ergoter sur un tableau. On l'aime ou on ne l'aime pas.

— Et vous aimez celui-là ?

— Beaucoup.

— Pourquoi ?

Il réfléchit.

— Voilà pourquoi vous aimez votre ami Simon, n'est-ce pas ? dit-elle en souriant.

Ce rapprochement déplut à Charley.

— Bon. A présent, montrez-moi les tableaux que vous aimez.

La situation était renversée. Ce n'était plus lui, le cicérone, c'était elle. Il était tout prêt à se laisser faire pour voir où elle voulait en venir.

« Bah ! C'est une Russe, se dit-il. Soyons indulgent. »

Ils défilèrent devant des kilomètres de toiles, car Lydia ne retrouvait pas son chemin. Enfin, elle s'arrêta devant un tableautin perdu dans la masse.

— Un Chardin, dit-il. Oui, je l'ai déjà vu.

— Mais l'avez-vous regardé ?

— Oh ! oui. Dans son genre, Chardin n'est pas le premier venu. Ma mère en raffole. J'ai toujours goûté ses natures mortes.

— C'est tout ce que vous trouvez à dire ? Moi, il me bouleverse.

— Ça ? Une miche de pain et une bouteille de vin ? Évidemment, c'est très bien peint.

— Oui, en effet, c'est très bien peint : avec de la pitié et de l'amour. Ce n'est pas seulement une miche de pain et une bouteille de vin, c'est le pain de la vie et le sang du Christ, mais non refusés aux affamés et aux altérés pour être distribués avec parcimonie à des dates fixes par les prêtres ; c'est la nourriture quotidienne de l'humanité souffrante. C'est si humble, si naturel, si amical ; c'est le pain et le vin du pauvre, dont le seul désir est la paix, le travail et la croûte assurés. C'est le cri des déshérités. Ce tableau vous dit que, malgré tout, les hommes sont bons. Cette miche et cette bouteille sont le symbole des joies et des peines des humbles. Ils implorent votre pitié et votre affection ; ils vous disent qu'ils sont de la même espèce que vous, que la vie est courte et dure et le cercueil froid et solitaire. Ce n'est pas seulement une miche de pain et une bouteille de vin ; c'est le mystère du sort de l'homme, sa soif d'un peu d'amitié et d'amour, sa résignation quand il ne les trouve pas.

La voix de Lydia tremblait et des larmes brouillaient ses yeux.

Elle les essuya rageusement.

— Et n'est-ce pas admirable qu'avec ces simples objets et sa sensibilité de peintre, ce bon petit vieux ait fait quelque chose de si émouvant? On dirait qu'inconsciemment il a voulu prouver qu'à force d'amour et de sympathie on peut créer de la beauté avec la douleur, la misère, et même la méchanceté.

Elle contempla longuement le petit tableau. Perplexe, Charley regardait aussi. C'était une très bonne toile, assez touchante, en effet. Il ne l'avait jamais bien examinée et Lydia avait eu raison de la lui faire remarquer, mais il n'y aurait certes pas vu tout ce qu'elle y voyait. Quelle femme mystérieuse et lunatique! A-t-on idée de pleurer dans un musée, de se bouleverser ainsi pour un tableau? Ils vous mettent dans des situations, ces Russes! Charley se rappelait l'histoire de l'étudiant s'évanouissant à la vue de *l'Odalisque*; mais cela se passait au XIXe siècle, époque de la sensiblerie et du romantisme. Lydia se tourna vers lui avec un sourire heureux. Ce changement le déconcerta.

— On s'en va? dit-elle.

— Mais les autres tableaux?

— J'en ai vu un. Je me sens contente et calme. Ça me suffit.

— Ah! bon.

Singulière manière de visiter un musée. Ils n'avaient même pas jeté un coup d'œil sur les Watteau et les Fragonard. Sa mère lui demanderait sûrement s'il avait vu *l'Embarquement pour Cythère*. On l'avait nettoyé et elle voudrait savoir si les couleurs étaient bien revenues.

Ils firent quelques courses. Puis, ils déjeunèrent sur le quai, sur la Rive gauche. Comme toujours, Lydia dévora. Elle aimait l'encombrement du restaurant et le bruit de la rue. Elle bavardait comme si la violente émotion dont elle sortait eût rafraîchi son cerveau. Mais Charley restait pensif. Il cachait mal son inquiétude. Jusqu'ici, elle ne se souciait guère de ce qu'il pensait, mais, cette fois, son trouble évident la frappa.

— Vous êtes bien silencieux, remarqua-t-elle.

— Je réfléchis. Voyez-vous, je me suis intéressé à l'art toute ma vie. Mes parents sont très artistes — on le leur reproche assez —, ils ont tenu à nous donner, à ma sœur et à moi, une solide culture artistique et nous l'avons, je crois. Ça m'agace de penser que, malgré la peine que je me suis donnée, les facilités que j'ai eues, je n'en sais peut-être pas autant que vous.

— Moi ? Mais je n'y connais rien, dit-elle en riant.

— Mais vous le sentez très fortement et l'art est surtout affaire de sentiment. Ce n'est pas comme si je n'aimais pas la peinture. Ça me fait un effet énorme.

— Ne vous tracassez pas. C'est tout naturel que vous regardiez les tableaux d'un autre œil que moi. Vous êtes jeune, en bonne santé et heureux. Et loin d'être bête. Leur contemplation est pour vous un plaisir parmi d'autres plaisirs. Une promenade dans un musée fait très agréablement passer une heure. Que demandez-vous de plus ? Mais moi, j'ai toujours été pauvre, souvent affamée et, parfois, terriblement seule. Ils ont représenté pour moi les richesses, le pain quotidien, les amis. Quand je travaillais et que ma patronne m'avait houspillée à me casser la tête, je filais au

Louvre à l'heure du déjeuner et j'oubliais ses histoires.

Pour profiter du beau temps, ils remontèrent le boulevard Saint-Michel jusqu'au Luxembourg. Ils s'assirent et, sans beaucoup parler, contemplèrent les nounous, privées, hélas, des longs rubans de satin d'autrefois, poussant leurs voitures, les vieilles dames en noir, marchant à petits pas, l'œil sur leurs petits-enfants, et les vénérables messieurs, emmitouflés dans leur cache-nez et perdus dans leurs pensées. Avec sympathie, ils regardaient les garçons et les filles, poussés trop vite, qui couraient ensemble et, quand deux étudiants passaient, ils se demandaient quel grave sujet de conversation les rendait si sérieux. Cela ressemblait moins à un parc public qu'à un jardin privé réservé aux gens de la Rive gauche. Les rayons sans chaleur du soleil couchant lui prêtaient de la mélancolie. Isolé par sa grille de fer, le jardin avait un air irréel, comme si ces vieillards, ces enfants joyeux eussent été des fantômes qui, au crépuscule, se dissiperaient comme la fumée d'une cigarette dans l'obscurité grandissante. Il commençait à faire froid et, dans une entente silencieuse, Charley et Lydia retournèrent à l'hôtel.

Dans la chambre, Lydia sortit un petit rouleau de musique.

— J'ai apporté les morceaux favoris de Robert. Je joue très mal et, chez Alexëi, nous n'avons pas de piano. Pourriez-vous me les jouer ?

Charley regarda la musique. Russe. Certains morceaux lui étaient familiers.

— Je le crois, dit-il.

— Il y a un piano en bas et, en ce moment, le salon est vide. Descendons.

Le piano droit aurait eu grand besoin d'être accordé. Les touches étaient jaunies et dures à enfoncer, comme celles des instruments peu employés. Lydia s'assit sur la banquette à côté de Charley. Il posa, sur le pupitre, une pièce de Scriabine qu'il connaissait et, après avoir plaqué quelques accords, il se mit à jouer. Lydia suivait sur la musique et tournait les pages. Charley avait beaucoup travaillé avec les meilleurs maîtres de Londres. A force de se faire entendre dans des auditions d'élèves et ensuite à Cambridge, il avait acquis de l'assurance. Son toucher était léger et agréable.

— Voilà ! dit-il, quand il eut fini.

Il n'était pas mécontent de lui. Il avait interprété la pièce dans l'esprit du compositeur et avec clarté.

— Autre chose, dit Lydia.

Elle choisit un morceau. Un pot-pourri de chants et de danses populaires par un inconnu. Le nom de Robert Berger, écrit d'une main hardie sur la couverture, donna un choc à Charley. Lydia le contempla en silence, puis elle tourna la page.

— Allez-y.

Il déchiffrait bien et la musique n'était pas difficile. Il estima s'être tiré de sa tâche à son honneur. Après le dernier accord, il attendit un compliment.

— Vous avez bien joué, dit Lydia, mais que faites-vous de la Russie ?

— Que voulez-vous dire ? demanda-t-il, choqué.

— Vous jouez ça comme s'il s'agissait d'un dimanche après-midi à Londres avec des gens bien vêtus, traînant dans les squares vides avant l'heure du thé. Mais c'est tout autre chose. Ce sont de vieilles, vieilles chansons de paysans sur la brièveté et la dureté de leur vie, les vastes champs de blé doré et la moisson, les forêts de hêtres, la nostalgie des travailleurs pour l'époque de la paix et de l'abondance, et la danse sauvage qui fait oublier.

— Eh bien ! faites mieux.

— Je ne sais pas jouer, répondit-elle, mais elle le poussa plus loin sur la banquette et prit sa place.

Elle réussissait pourtant à sortir de cette musique quelque chose qu'il n'y avait pas vu, le tumulte de ses émotions et l'amertume de sa mélancolie, et elle mettait dans les rythmes de danse une vitalité barbare qui fouaillait le sang. Mais Charley était vexé.

— Je ne vois pas, je l'avoue, en quoi les fausses notes et le pied vissé sur la pédale forte peuvent créer l'atmosphère russe, dit-il aigrement, quand elle eut fini.

Elle éclata de rire et se jeta à son cou.

— Vous êtes un chou.

— Vous êtes bien aimable, répondit-il froidement en se dégageant.

— Vous ai-je offensé ?

— Pas du tout.

Elle hocha la tête et sourit.

— Vous jouez très bien et votre technique est excellente, mais la musique russe n'est pas pour vous. Jouez-moi du Schumann. Voilà votre affaire.

— Non, j'en ai assez.

— Si vous êtes fâché, pourquoi ne me battez-vous pas ?

— Petite sotte ! Quelle idée ! D'ailleurs, je ne suis pas fâché.

— Vous êtes si grand, si fort et si beau, j'oublie que vous n'êtes qu'un gamin. — Elle soupira. — Et je vous trouve si peu préparé pour la vie. Parfois, quand je vous regarde, ça me bouleverse... Soyez gentil et jouez du Schumann.

Lydia savait être persuasive. Avec son sourire modeste, Charley reprit sa place. En fait, Schumann était son compositeur favori et il savait beaucoup de ses pièces par cœur. Il joua pendant une heure. Quand il voulait s'arrêter, elle l'obligeait à continuer. Curieuse, la jeune caissière passa le nez à la porte. En revenant à son bureau, elle chuchota au concierge, avec un sourire entendu :

— Ils s'en donnent, les tourtereaux.

Quand, enfin, Charley s'arrêta, Lydia poussa un soupir heureux.

— Ça, c'est de la musique pour vous ! Elle vous ressemble : saine et de tout repos. Il y a là-dedans de l'air pur et du soleil et le parfum des grands pins. Ça m'a fait du bien de l'entendre et, aussi, d'être avec vous. Votre mère doit vous adorer.

— Oh !... ça va.

— Pourquoi êtes-vous si bon pour moi ? Je suis ennuyeuse et agaçante. Je ne vous plais pas beaucoup, n'est-ce pas ?

Charley réfléchit.

— En somme, c'est vrai.

Elle se mit à rire.

— Alors, pourquoi vous encombrez-vous de moi ? Vous n'avez qu'à me mettre dehors.

— Je n'y songe pas.

— Voulez-vous que je vous dise ? C'est par bonté. Par pure bonté.

— Zut !

Ils dînèrent au Quartier latin. L'indifférence de Lydia pour lui n'avait pu échapper à Charley. Elle le supportait comme on supporte un voisin de bord, sans chercher à savoir d'où il sort et ce qu'il est ; il a émergé du néant en montant sur le bateau et y retournera dès l'arrivée au port. Charley était assez modeste pour ne pas s'en offenser. Il jugeait les malheurs de Lydia suffisants pour absorber son attention, et il fut surpris quand elle l'interrogea sur lui-même. Il parla de ses goûts artistiques et de son désir d'autrefois de se consacrer à la peinture. Elle l'approuva d'avoir eu la sagesse de préférer la vie assurée de l'homme d'affaires. Jamais il ne l'avait vue plus gaie et plus compréhensive. Connaissant la vie anglaise seulement à travers Dickens, Thackeray et Wells, elle était curieuse d'apprendre comment s'écoulait l'existence dans ces demeures sobres et riches de Bayswater où elle n'était jamais entrée. Elle s'intéressa à sa maison, à sa famille. Il en parlait toujours volontiers. Son admiration et sa tendresse filiales se cachaient sous une ironie légère. Sans le savoir, il brossa un séduisant tableau de gens heureux et unis dans leur sécurité, vivant sans prétentions, en paix avec eux-mêmes et avec le monde. Cette vie saine et équilibrée ne manquait ni de grâce ni de dignité. Les aspirations intellectuelles la sauvaient du matérialisme. Ceux qui la menaient étaient simples et honnêtes, sans ambition ni envie, et prêts à remplir, selon leurs capacités, leur devoir envers l'État et leur prochain. Ils ignoraient la méchanceté. Si Lydia comprit combien leur heureux caractère, leur bonté, leur contentement de soi devaient à l'ancienne et traditionnelle prospérité de leur pays, si l'idée lui vint que, tels des enfants construisant des châteaux de sable, ils pouvaient, à tout instant, être balayés par une lame de fond, elle n'en laissa rien voir.

— Vous en avez une chance, vous autres Anglais ! dit-elle.

Charley fut surpris de ses propres paroles. Pour la première fois, il venait de se juger en observateur. Jusque-là, comme un acteur qui lance ses répliques sans jamais avoir entendu la pièce de la salle, il avait joué son rôle sans chercher à en dégager l'idée générale. Son père, sa mère, sa sœur et lui-même avaient beau s'agiter du matin au soir et trouver toujours les journées trop courtes, aucun d'eux, en somme, ne faisait rien du tout. Leur vie rappelait ces comédies faciles où les fauteuils sont bons et les robes jolies, le dialogue léger et les acteurs intelligents. On passe une bonne soirée, mais une semaine plus tard, on a tout oublié.

Après le dîner, ils prirent un taxi pour aller au cinéma sur la Rive droite. Ils se roulèrent devant la fantaisie extravagante des Marx Brothers, mais ils ne riaient pas seulement des bouffonneries de Groucho et des situations impossibles où se trouvait Harpo, ils riaient de s'entendre rire. Le film se termina à minuit. Charley proposa à Lydia d'aller danser.

— Qu'est-ce qui vous tente? dit-elle. Montmartre?

— Ce que vous voulez, mais un endroit gai. — Et, se rappelant le désir constant, mais rarement réalisé de ses parents à Paris : Où il n'y a pas trop d'Anglais.

Lydia eut un sourire malicieux. Il en éprouva à la fois de la surprise et de la sympathie. Malgré sa tragique histoire, elle pouvait donc s'égayer et faire preuve d'espièglerie.

— J'ai une idée. Ce ne sera pas drôle, mais peut-être intéressant.

Leur taxi roula longtemps. Enfin, il s'arrêta sur les quais. Les tours jumelles de Notre-Dame se détachaient sur la nuit froide et étoilée. Ils firent quelques pas dans une rue sombre, franchirent une porte étroite et descendirent un escalier. Charley se trouva dans un grand caveau aux murs de pierre. Des tables de bois pour dix ou douze personnes, flanquées de bancs, les entouraient. La chaleur était étouffante et l'air bleu de fumée. Une foule compacte dansait au son d'une musique mélancolique.

Un garçon en manches de chemise leur trouva deux places et prit la commande. Tout le monde les regardait. A la vérité, Charley, dans son costume anglais bien coupé, Lydia, dans sa robe noire et son joli chapeau à plumes, contrastaient avec les autres clients. Les hommes ne portaient ni col ni cravate et dansaient la casquette sur le crâne, la cigarette collée aux lèvres. Les femmes étaient nu-tête et violemment peintes.

— Ils ont l'air de voyous, dit Charley.

— Ils en sont. Presque tous ont fait de la prison et les autres auraient mérité d'en faire. S'il y a une bagarre et s'ils se mettent à lancer les verres et à tirer les couteaux, collez-vous au mur.

— Je crois que nos têtes ne leur reviennent pas. Nous avons l'air de les intéresser beaucoup.

— Ils nous prennent pour des curieux et ça les exaspère toujours. Mais tout va s'arranger. Je connais le patron.

Quand le garçon apporta leurs deux bocks, Lydia l'envoya chercher le propriétaire. Un gros gaillard au visage glabre arriva et reconnut tout de suite Lydia. Il enveloppa Charley d'un regard soupçonneux, mais quand elle le présenta comme un ami, il lui serra la main avec cordialité et l'assura de son plaisir de le voir. Il s'assit et, pendant quelques minutes, parla à voix basse avec Lydia. Rassurés, les voisins échangèrent des œillades éloquentes. La danse se termina et les autres occupants de leur table revinrent. Ils jetèrent aux étrangers des regards hostiles, mais le patron présenta Lydia et Charley et, aussitôt, un type sinistre, au visage balafré, insista pour leur offrir un verre. La glace était rompue. De toute évidence, ils cherchaient à mettre le jeune Anglais à l'aise. Revenu sur sa mauvaise impression, Charley commença à s'amuser.

Bientôt le joueur de saxophone se leva et avança sa chaise. Une chanteuse russe vint s'y asseoir, une balalaïka à la main. Il y eut un tonnerre d'applaudissements.

— C'est la Marishka, expliqua le voisin de Charley. Son amant était un commissaire du peuple, mais Staline l'a fait fusiller et si elle n'avait pas filé de Russie, elle y aurait aussi passé !

Une femme, assise en face de lui, l'entendit :

— Qu'est-ce que tu racontes, Loulou? protesta-t-elle. La Marishka était avec un grand-duc avant la révolution, tout le monde sait ça, et couverte de diamants, mais les bolcheviks lui ont tout raflé. Elle s'est sauvée, déguisée en paysanne.

Ravagée et sombre, les traits masculins, avec une peau basanée et de grands yeux de braise sous d'épais sourcils, la Marishka accusait quarante ans.

D'une voix rauque, elle entonna une chanson sauvage et sans joie. Charley ne comprenait pas le russe, mais un frisson le parcourut. Elle fut très applaudie. Puis, elle chanta en français une ballade sentimentale : les lamentations d'une fille dont l'amant doit être exécuté à l'aube. Cette fois, l'auditoire trépigna. Elle termina par une autre chanson russe. Son masque tragique fit place à un air de gaieté brutale et sa voix profonde et dure prit une intonation gouailleuse.

Sous la bacchanale, on devinait la désolation des larmes vaines. Charley surprit le regard moqueur de Lydia. Il lui sourit. Ce que cette femme tirait de la musique le dépassait. De nouveaux applaudissements saluèrent la fin du numéro. La Marishka ne parut pas les entendre. Elle se leva et s'approcha de Lydia. Elles se mirent à parler en russe. Lydia se tourna vers Charley :

— Elle prendra un verre de champagne si vous voulez bien le lui offrir.

— Volontiers.

Il commanda une bouteille. Puis, après un coup d'œil sur la demi-douzaine de gens assis à sa table, il changea son ordre :

— Deux bouteilles. Peut-être ces messieurs et ces dames me permettront-ils de leur offrir une tournée.

Il y eut un murmure d'acceptation polie. On apporta le champagne et Charley servit tout le monde. On porta de nombreux toasts en choquant les verres.

— Vive l'Entente cordiale !

— A nos Alliés !

Ils devenaient de plus en plus familiers. Charley s'amusait beaucoup. Mais il était venu pour danser et quand l'orchestre reprit, il entraîna Lydia. Le parquet fut bientôt encombré et il remarqua qu'on la regardait avec curiosité. Sans doute avait-on appris son nom. Pour ces souteneurs et leurs femmes, cela la rendait intéressante. Charley en était gêné, mais elle ne semblait s'apercevoir de rien.

Bientôt le patron la toucha sur l'épaule :

— Un mot à vous dire, murmura-t-il.

Lydia lâcha Charley et s'écarta avec le gros homme. Elle paraissait émue. Il devait lui désigner quelqu'un, car Charley la vit tendre le cou ; mais, au milieu de la foule des danseurs, elle ne put rien voir et, pour finir, elle suivit le patron à l'autre bout du long caveau.

Dépité, Charley retourna à sa table. Deux couples y sablaient son champagne et l'accueillirent avec chaleur. Ils lui demandèrent ce qu'il avait fait de sa petite amie. Il leur raconta ce qui était arrivé. Un des hommes était un petit costaud, à la moustache de conquistador. Sa chemise bâillait sur sa poitrine velue et les manches relevées découvraient de nombreux tatouages. Une fille, de vingt ans plus jeune, l'accompagnait. Ses cheveux noirs et brillants, partagés au milieu, formaient un nœud sur la nuque. Son visage était blanc de poudre, ses lèvres écarlates et ses yeux pleins de rimmel. L'homme la poussa du coude :

— Dis donc, tu pourrais bien danser avec l'Angliche. T'as biberonné son jus, hein ?

— Pourquoi pas ?

Elle se collait à son danseur. Son parfum violent ne parvenait pas à cacher des relents d'ail. Elle coula une œillade à Charley.

— Ce qu'il doit être vicieux, ce joli petit Anglais ! susurra-t-elle, en tortillant son corps souple dans sa robe de velours noir poussiéreuse.

— Pourquoi dites-vous ça ? demanda-t-il en souriant.

— Dame ! Quand on s'envoie la femme de Berger !

— C'est ma sœur, dit gaiement Charley.

Elle trouva le mot si drôle qu'en revenant à leur table elle le répéta. Il eut beaucoup de succès et le costaud aux pectoraux poilus allongea à Charley une tape dans le dos :

— Farceur, va !

Charley n'était pas mécontent de passer pour un humoriste. Amant de la femme d'un meurtrier célèbre, il devint un personnage. On le pressa de revenir.

— Mais, seul, cette fois, recommanda sa danseuse. On vous trouvera une poule. Pourquoi vous empêtrer de ces Russes ? Le vin du pays, voilà ce qu'il vous faut.

Charley commanda une troisième bouteille de champagne. Il voyait de plus en plus la vie en rose. Lydia le retrouva causant et riant avec ses nouveaux amis comme s'il les avait toujours connus. Il dansa avec elle. Leurs pas s'accordaient mal et il lui serra le bras.

— Vous ne suivez pas.

Elle rit.

— Je regrette. Je suis fatiguée. Partons.

— Avez-vous appris une mauvaise nouvelle ?

— Non. Il est très tard et on étouffe ici.

Après de chaudes poignées de main, ils sortirent et hélèrent un taxi. Exténuée, Lydia laissa aller sa tête en arrière. Il lui prit la main et ils roulèrent en silence.

Ils se couchèrent. Quelques minutes plus tard, à la respiration régulière de Lydia, Charley s'aperçut qu'elle dormait. Mais il était trop excité pour l'imiter. La soirée l'avait amusé et il se sentait en pleine forme. Il en revécut tous les détails, ravi à l'idée de l'effet qu'elle produirait sur sa famille. Il alluma la lampe pour lire. Impossible de concentrer son attention sur les poèmes de Blake. Des idées folles lui traversaient l'esprit. Il éteignit et s'assoupit, mais bientôt il se réveilla : il vibrait de désir. La respiration calme de cette femme endormie lui causait une sensation particulière. Sauf le premier soir au Sérail, il n'avait éprouvé pour Lydia que de la pitié. Physiquement, elle ne l'attirait pas. Il ne la trouvait même pas jolie. Ce visage carré, ces pommettes hautes, ces yeux pâles à fleur de peau... Malgré la vie qu'elle avait choisie — et pour quelle raison ! — elle lui paraissait d'une respectabilité réfrigérante. Et puis, cette indifférence sexuelle le glaçait. Elle considérait avec haine et mépris les hommes qui achetaient son corps. Sa passion pour Robert la rendait incapable de tout autre attachement. D'ailleurs, son caractère ne plaisait pas à Charley. Parfois boudeuse, presque toujours lointaine, elle paraissait trouver ce qu'il faisait pour elle tout naturel. A défaut de reconnaissance, elle aurait bien pu montrer qu'elle s'apercevait de sa bonté. Le prenait-elle pour une poire ? Si vraiment elle amassait de l'argent au bordel pour faire évader son Robert, elle n'était qu'une menteuse. A l'idée d'être joué, il devint très rouge. Et pourtant, à cet instant, il brûlait de désir. Il la revoyait comme le premier jour au Sérail, en pantalon turc, avec son turban bleu pailleté de petites étoiles, les joues peintes et les cils retournés au rimmel ; il pensait à sa taille fine, à sa peau douce, couleur de miel, et à ses petits seins fermes aux pointes roses. Il s'agitait dans son lit. Après tout, ce n'était pas juste, il était jeune, fort... Pourquoi ne pas profiter de l'occasion ? Elle était là pour ça, elle l'avait dit elle-même. Qu'importait s'il la dégoûtait ? Il avait bien mérité une compensation.

Ah ! le contact de ses lèvres douces quand il les prendrait, de ses seins quand il les caresserait, de son corps souple dans ses bras, de ses longues jambes à lui mêlées aux siennes ! Dans l'espoir de l'éveiller, il alluma et se leva. Elle reposait sur le dos, les mains jointes comme une statue couchée sur une tombe. Des larmes coulaient de ses yeux clos et la douleur tordait sa bouche. On eût dit d'une enfant désespérée qui ne sait pas que, comme tout le reste, le chagrin passe. Charley tressaillit. La peine de cette femme endormie éteignit son désir. Toute la journée, elle s'était montrée gaie, gentille, et il l'avait crue délivrée, au moins pour un certain temps, de son cauchemar. Il soupira. Moins que jamais, il avait envie de dormir. Pour ne pas déranger Lydia, il baissa l'abat-jour, alla à la table et alluma sa pipe. Puis il tira le rideau et s'assit pour regarder dans la cour. Seule, une fenêtre restait éclairée. Un malade peut-être, ou quelqu'un comme lui, en proie à l'insomnie. Un homme pouvait aussi avoir ramené une femme ; leur frénésie apaisée, ils reposaient dans les bras l'un de l'autre. Charley fumait. Il se sentait lourd et las. Il ne pensait à rien. Enfin, il se recoucha et s'endormit.

X

La femme de chambre l'éveilla en apportant le petit déjeuner.

Un instant, il oublia les événements de la veille.

— Je dormais si bien, dit-il en se frottant les yeux.

— Je suis désolée, dit Lydia, mais il est dix heures et j'ai un rendez-vous dans une heure.

— Aucune importance. C'est mon dernier jour à Paris et il serait idiot de le gâcher à dormir.

La femme de chambre avait apporté deux déjeuners sur le même plateau et Lydia lui dit de le donner à Charley. Elle passa une robe de chambre et s'assit à ses pieds, appuyée contre le lit. Elle versa une tasse de café, coupa un croissant et le beurra pour lui.

— Je vous ai regardé dormir, dit-elle. C'est touchant. Vous dormez comme un animal ou un enfant. Si calme, si tranquille. Rien que de vous voir, ça repose.

Alors, il se souvint.

— Vous n'avez pas dû passer une très bonne nuit.

— Oh ! si. J'ai dormi comme une souche. J'étais éreintée. C'est une des choses dont je vous suis le plus reconnaissante, ces bonnes nuits. En général, je fais des rêves affreux. Mais, ici, je n'ai pas rêvé une fois. Et moi qui n'espérais plus retrouver mon sommeil !

Il évita de la regarder. N'était-il pas hallucinant de penser à la prolongation dans l'inconscience d'une torture capable de faire couler des larmes et de crisper la bouche, sans laisser le moindre souvenir ?

— Qu'est-ce que c'est que ce rendez-vous ? demanda-t-il, pour dire quelque chose.

Lydia alluma une cigarette.

— Hier soir, le gros Marcel, le patron de la boîte, m'a présenté deux hommes et je dois les retrouver à La Palette, ce matin. Dans cette foule, on ne pouvait pas parler.

— Ah !

La discrétion empêcha Charley de demander des détails.

— Marcel est en rapport avec Cayenne et Saint-Laurent. Il reçoit souvent des nouvelles. C'est pourquoi je tenais à aller chez lui. Ils ont débarqué à Saint-Nazaire la semaine dernière.

— Qui ? Ces types ? Ce sont des évadés ?

— Non. Ils ont fini leur temps. C'est l'Armée du Salut qui a payé leur traversée. Ils ont connu Robert. — Elle hésita. — Venez aussi, si vous voulez. Ils n'ont pas le sou. Vous pourriez peut-être leur donner un peu d'argent.

— Entendu, je vous accompagne.

— Ils ont l'air de braves garçons. L'un des deux ne doit guère avoir plus de trente ans. Il était chef dans un restaurant et il a écopé pour avoir, un jour, dans la cuisine, saigné un homme au lieu d'un poulet. Quant à l'autre, je ne sais pas ce qu'il a fait. Allez vite prendre votre bain.

Elle s'approcha de la coiffeuse et se regarda dans la glace :

— C'est drôle, j'ai les yeux gonflés. On dirait que j'ai pleuré.

— Sans doute est-ce cette fumée, hier soir. On aurait pu la couper au couteau.

— Je vais faire monter de la glace. Cinq minutes de grand air et il n'y paraîtra plus.

Quand ils arrivèrent, La Palette était vide. Des retardataires venaient de partir après avoir pris leur petit déjeuner et ce n'était pas encore l'heure de l'apéritif. Ils s'assirent dans un coin, près de la fenêtre, pour surveiller la rue.

— Les voilà, dit Lydia, au bout de quelques minutes.

Charley regarda dehors. Deux hommes passaient. Ils lancèrent un coup d'œil sur la porte, hésitèrent, s'éloignèrent, puis revinrent sur leurs pas, comme s'ils n'eussent pu se décider à entrer. Ils échangèrent quelques mots et le plus jeune jeta un coup d'œil anxieux derrière lui. Soudain, l'autre se décida et franchit la porte, son camarade sur les talons. Lydia leur fit un signe et leur sourit. Ils ne parurent pas le remarquer. Ils se tournaient avec méfiance à droite et à gauche. Enfin, ils s'approchèrent. Lydia leur présenta Charley. La présence d'un inconnu les déconcerta. Ils l'examinèrent avec méfiance.

Lydia les rassura : c'était un ami anglais, de passage à Paris. Avec une amabilité forcée, Charley tendit la main. A tour de rôle, ils la serrèrent mollement. Lydia les fit asseoir et leur demanda ce qu'ils voulaient prendre.

— Du café.

— Et avec ça ?

Le plus âgé regarda son compagnon avec un sourire.

— Un gâteau, s'il y en a. Le petit raffole des sucreries et, là-bas, on n'en voyait pas souvent.

D'une taille au-dessous de la moyenne, cet homme pouvait avoir quarante ans. Son ami avait quelques pouces de plus et peut-être six ans de moins. Très maigres tous les deux, ils portaient sans aisance des cols et des cravates et d'épais vêtements mal coupés et trop larges : l'un à carreaux gris et blancs, l'autre vert foncé. Le plus âgé, trapu et râblé, avait la taille bien prise. Des rides burinaient son visage blême. La volonté se lisait sur sa physionomie. L'autre n'avait pas le teint plus frais, mais sa peau, plaquée sur lcs os, était lisse et douce. Il paraissait très malade. Leurs regards ne se fixaient jamais ; ils cherchaient au loin, avec une expression égarée, comme s'ils eussent contemplé quelque chose d'horrible. Au début, chacun se sentait gêné. Pour paraître cordial, Charley offrait des cigarettes. Lydia se contentait d'examiner les forçats. Tous se taisaient. On apporta du café et des gâteaux. Le plus âgé en grignota un, mais l'autre se jeta dessus gloutonnement.

— A notre arrivée à Paris, nous avons commencé par aller chez un pâtissier et le petit s'est envoyé six éclairs au chocolat. Mais il les a payés.

— Oui, dit le jeune forçat sans rire, et en sortant, j'ai été malade. Vous comprenez, après si longtemps ! Mais ça valait la peine.

— Est-ce que vous mangiez très mal, là-bas ?

Le plus vieux haussa les épaules :

— Du bœuf, trois cent soixante-cinq jours par an. Au bout de quelque temps, on ne s'en aperçoit plus. Et puis, si on se conduit bien, on a du fromage et un peu de vin. Le pire commence à la libération. En prison, la croûte est assurée, mais après ?

— Mon ami ne sait pas, dit Lydia. Expliquez-lui. En Angleterre, ils n'ont pas le même système.

— Voilà ! On vous condamne à huit, dix, quinze, vingt ans de travaux forcés, et ensuite, vous êtes un libéré. Il faut rester dans la colonie autant d'années que vous êtes resté au bagne. C'est dur de trouver du travail : les gens ne tiennent pas à employer les libérés. On peut bien obtenir un bout de terrain et le cultiver, mais à condition d'en être capable. A force d'obéir aux gardiens, on perd toute initiative. Et puis, il y a la malaria et le ver solitaire. La seule aubaine, c'est l'arrivée des cargos. On se fait embaucher pour le déchargement. Le sort du libéré, c'est de dormir sur le marché, de se taper du tafia quand il le peut et de crever de faim. Moi, j'ai eu de la veine. Je suis électricien et je connais mon métier. Je ne m'en suis pas trop mal tiré.

— Combien aviez-vous attrapé ? demanda Lydia.

— Seulement huit ans.

— Et pourquoi ?

Il eut un sourire d'excuse :

— Folie de jeunesse. On a de mauvaises fréquentations, on boit trop et, un jour, quelque chose arrive et on paye pour ça toute sa vie. J'avais alors vingt-quatre ans et, à présent, j'en ai quarante. J'ai perdu mes plus belles années dans cet enfer.

— Il aurait pu repartir plus tôt, observa l'autre, mais il n'a pas voulu.

— Comment, vous auriez pu vous évader ? dit Lydia.

Charley la regarda avec attention, mais son visage n'exprimait rien.

— M'évader ? Pas si bête. On peut toujours s'évader, mais peu en réchappent. Où aller ? Dans la brousse ? Il y a les fièvres, les animaux sauvages, la faim, les indigènes prêts à vous trahir pour toucher la prime. Beaucoup essayent. Voyez-vous, ils en ont tellement assez de la monotonie, de la boustifaille, des règlements, de la tête des autres prisonniers, qu'ils croient que tout vaudra mieux, mais ils ne peuvent pas tenir le coup. S'ils ne crèvent pas de maladie ou de faim, ils se font prendre ou ils se rendent ; et alors, ce sont deux ans de cachot, ou plus, et il faut être un rude gars pour y résister. Autrefois, quand les Hollandais construisaient leur chemin de fer, c'était plus facile. On traversait le fleuve, et ils vous embauchaient, mais, à présent, la ligne est finie et ils n'ont plus besoin de main-d'œuvre. Ils vous prennent et vous livrent. Même alors, on risquait gros. Un certain douanier s'engageait à vous faire passer la rivière. On prenait rendez-vous pour le soir dans la jungle et, quand vous arriviez, il vous flanquait tout simplement une balle dans la tête et vidait vos poches. Il en a expédié plus de trente avant d'être repéré. Quelques-uns filent par la mer. Une demi-douzaine de types s'entendent pour faire acheter un vieux tacot par un libéré. Vous vous imaginez le voyage sans boussole, et sous la menace constante d'un orage ! Et où aller ? Au Venezuela, s'ils débarquent, on les fourre en prison ou on les renvoie. A La Trinité, les autorités les gardent une semaine, leur donnent des provisions, au besoin un bateau si le leur fait eau et, hop ! sur la mer, sans possibilité d'atterrir nulle part. Non, c'est idiot d'essayer de s'évader.

— Mais il y en a qui réussissent, dit Lydia. Ce docteur, comment s'appelait-il ? Il est établi quelque part en Amérique du Sud et il gagne bien sa vie.

— Oui, avec de l'argent, ça peut marcher si vous êtes à Cayenne ou Saint-Laurent. Le capitaine d'une goélette brésilienne accepte quelquefois de vous recueillir en mer et de vous déposer quelque part sur la côte. S'il n'est pas honnête, il prend votre galette et vous jette par-dessus bord. Mais, à présent, on vous demande douze mille francs, et ça signifie le double parce que le libéré qui reçoit votre argent garde la moitié comme commission. Et on ne peut arriver au Brésil sans un sou en poche. Il faut au moins trente mille francs, et qui les a ?

Lydia posa une question. Une fois de plus, Charley l'observa.

— Comment peut-on être sûr que le libéré remettra l'argent si on le lui envoie ? dit-elle.

— On ne l'est pas. Parfois, il garde tout, mais alors son compte est bon. Les autorités ne s'agiteront pas beaucoup, il le sait, si on le découvre, un beau matin, un couteau dans le dos.

— Votre ami dit que vous auriez pu partir plus tôt. Qu'entend-il par là ?

Il haussa modestement les épaules.

— Le commandant était un brave type et il me savait honnête et travailleur. On a vu bientôt qu'on pouvait me laisser seul à mon boulot dans une maison. Il m'a autorisé à retourner en France quand j'avais encore deux ans à tirer comme libéré.

Il jeta un regard de chien fidèle à son ami :

— Mais je ne voulais pas laisser ce méchant gamin. Sans moi pour le défendre, il en aurait vu de dures.

— C'est vrai, je lui dois tout.

— Quand il est arrivé, c'était encore un gosse. Nous étions voisins de lit. Le jour, il tenait assez bien le coup, mais la nuit, il pleurait en disant : « Maman ! » Je ne sais pas pourquoi, je me suis attaché à lui ; il était perdu au milieu de tous ces hommes, ce petiot, et il a bien fallu que je m'en mêle. Il y en avait qui tournaient autour, un Algérien, surtout. Mais je lui ai rivé son clou, et après, ils l'ont laissé tranquille.

— Comment vous êtes-vous arrangé ?

Il eut une grimace malicieuse et parut soudain rajeuni de dix ans.

— Voyez-vous, là-bas, pour être respecté, il faut savoir jouer du couteau. Je lui ai ouvert le ventre.

Charley sursauta. L'homme avait parlé avec tant de naturel qu'il doutait d'avoir bien entendu.

— Vous comprenez, on est bouclé dans le dortoir de neuf heures à cinq heures et les gardiens n'entrent pas. Pour dire vrai, ils y risqueraient leur peau. Si, le matin, un homme est trouvé les tripes à l'air, les autorités ne posent pas de questions pour qu'on ne leur dise pas de mensonges. J'ai dû tout lui apprendre, à ce gamin. Là-bas, le seul moyen de ne pas être embêté est de faire ce qu'on vous dit et de ne pas amener d'histoires. Ce n'est pas la justice qui règne sur le monde, c'est la force. Un de ces jours, peut-être, nous l'aurons, nous, les travailleurs, et alors on passera quelque chose aux bourgeois. Mais, en attendant, il faut filer droit. C'est ce que je lui ai appris, et je lui ai aussi appris mon métier. Il est devenu presque aussi bon électricien que moi.

— A présent, l'important, c'est de se faire embaucher, dit l'autre. Et dans la même boîte.

— On en a tant vu ensemble, on ne pourrait plus se séparer. Voyez-vous, je n'ai que lui. Je n'ai plus ni mère, ni femme, ni gosses. J'avais tout ça, mais ma mère est morte et ma femme et mes gosses m'ont plaqué quand j'ai eu mon histoire. Les femmes sont des garces. C'est dur pour un type de vivre sans aucune affection.

— Et moi, qu'est-ce que j'ai ? C'est pour la vie, nous deux.

L'amitié de ces épaves était attendrissante. Charley en éprouvait une émotion presque gênante. Il aurait voulu leur dire combien il trouvait cela chic et beau. Mais comment se laisser aller à des effusions aussi contraircs à son éducation ? Lydia ne partageait pas sa timidité.

— Il n'y a pas beaucoup de gens qui seraient

restés deux années de trop dans cet enfer pour un ami.

L'homme étouffa un rire.

— Voyez-vous, là-bas, le temps c'est tout le contraire de l'argent : un peu d'argent, c'est beaucoup, et beaucoup de temps, pas grand-chose. Quelques sous représentent une somme que vous couvez comme un trésor, et deux ans ne comptent presque pas.

Lydia soupira.

— Berger n'est pas là-bas pour très longtemps, n'est-ce pas ?

— Quinze ans.

Il y eut un silence. L'effort de Lydia pour se maîtriser était visible, mais quand elle parla, sa voix se brisa.

— L'avez-vous vu ?

— Nous avons été à l'hôpital ensemble. Je me suis fait enlever l'appendice. Je n'avais pas envie, une fois en France, d'en être ennuyé. Il avait attrapé un sale accès de malaria en travaillant à la route de Saint-Laurent à Cayenne.

— Je ne savais pas. J'ai reçu une lettre de lui, mais il n'en disait rien.

— Tout le monde y passe, tôt ou tard. Il a eu de la veine de l'avoir tout de suite. Le médecin chef s'est toqué de lui ; il a de l'éducation, Berger, et c'est rare. On le prendra, après sa guérison, dans le service de l'hôpital. Il y sera très bien.

— Marcel m'a dit hier soir qu'il vous avait donné un message pour moi.

— Oui, une adresse.

Il sortit des papiers de sa poche et en tendit un à Lydia.

— Si vous avez de l'argent, envoyez-le là-bas. Mais il n'en touchera que la moitié, ne l'oubliez pas.

Lydia prit le papier, le regarda, et le mit dans son sac.

— Rien d'autre ?

— Si. Il vous fait dire de ne pas vous tracasser. Ç'aurait pu être pire. Il commence à voir clair et il espère se débrouiller. Et vous savez, il n'est pas bête. Il ne fera pas de sottises. Ce type-là s'arrangera toujours. Vous verrez, il trouvera moyen d'être heureux.

— Comment le serait-il ?

— C'est drôle. On s'habitue. C'est un vrai loustic. Certains jours, il nous faisait tordre. Ah ! il a le chic pour tout prendre à la blague, celui-là !

Lydia était très pâle. Elle baissa les yeux.

— Qu'est-ce qu'il avait donc dit de si rigolo, à propos de ce crétin qui s'était ouvert la gorge à l'hôpital ?

— Oh ! je me souviens. Comment était-ce au juste ? J'en avais ri à m'en tenir les côtes.

Un long silence pesa. Affalés sur leurs chaises, les yeux vagues, les deux hommes rappelaient les poupées mécaniques que l'on vend sur le boulevard Montparnasse : elles tournent, tournent en se balançant et s'arrêtent net. Lydia soupira.

— Alors, c'est tout ? dit-elle. Merci d'être venus. Je vous souhaite bonne chance.

— L'Armée du Salut fait ce qu'elle peut pour nous. Il en sortira bien quelque chose.

Charley prit son portefeuille.

— Vous ne devez pas être très en fonds. Je voudrais vous donner un petit billet pour vous aider, en attendant que vous trouviez du travail.

— Ça tombe à pic. L'Armée vous offre un lit et à bouffer, mais pour l'argent de poche...

Charley lui tendit cinq cents francs.

— Confiez ça au gamin. Il compte les sous en paysan qu'il est. Il sue du sang quand il doit les lâcher, et il n'y a pas une vieille femme au monde pour faire durer une thune aussi longtemps que lui.

Ils sortirent du café, tous les quatre, et se serrèrent la main. Pendant cette conversation, les deux forçats avaient perdu leur timidité, mais, dans la rue, elle les reprit. Ils semblèrent soudain se ratatiner pour se faire remarquer le moins possible, et regardèrent furtivement à gauche et à droite comme si quelqu'un eût risqué de fondre sur eux. La tête basse, ils s'éloignèrent côte à côte. Après un dernier coup d'œil en arrière, ils disparurent au coin de la rue.

— C'est sans doute du préjugé, dit Charley, mais, je dois l'avouer, je ne me sentais pas très à l'aise en cette compagnie.

Lydia ne répondit pas. Ils suivirent le boulevard et allèrent déjeuner. Charley devinait ses pensées et craignait de manquer de tact en parlant d'autre chose. D'ailleurs, une idée l'absorbait, lui aussi. La conversation avec les forçats, les questions de Lydia avaient ranimé le soupçon insufflé par Simon, et toujours vivace, comme l'odeur du renfermé qui résiste à l'ouverture des fenêtres. Lydia, une menteuse, une hypocrite... Il préférait encore être ridicule.

— Je vais chez Simon, dit-il, en sortant du restaurant. Je suis venu à Paris surtout à cause de lui et je l'ai à peine aperçu. Je voudrais, au moins, lui dire au revoir.

— Je vous comprends.

Il tenait aussi à rendre à Simon les coupures de journaux et son article.

— Si vous voulez passer l'après-midi avec vos amis russes, je peux, d'abord, vous y déposer en voiture.

— Non, je vais retourner à l'hôtel.

— Je rentrerai tard, je pense. Quand Simon commence à parler... Ne vous ennuierez-vous pas ?

— Je ne suis pas habituée à tant d'égard, dit-elle en souriant. Non, je ne m'ennuierai pas. Être dans une chambre toute seule et savoir que personne n'entrera, je ne peux pas imaginer plus grand luxe !

Ils se quittèrent et Charley alla à pied chez Simon. A cette heure, il espérait le trouver. Au coup de sonnette, Simon vint ouvrir. Il était en pyjama et en robe de chambre.

— Tiens, j'avais idée que tu viendrais. Je n'ai pas eu à sortir ce matin, aussi, je ne me suis pas habillé.

Il n'était pas rasé et, sans doute, pas même lavé. Ses longs cheveux raides se dressaient en désordre. Sous la froide lumière de la fenêtre exposée au nord, ses yeux inquiets, cernés d'ombre, luisaient comme du charbon dans son visage mince.

— Assieds-toi, continua-t-il. Aujourd'hui, j'ai fait un bon feu et le studio est chaud.

Chaud, il l'était, en effet, mais toujours aussi triste et mal balayé.

— Et les amours, ça va ?

— Je quitte Lydia à l'instant.

— Tu retournes demain à Londres, n'est-ce pas ? Ne te laisse pas trop cramponner. Je ne vois pas pourquoi tu l'aiderais à faire évader son vaurien de mari.

Charley sortit les articles de sa poche.

— D'après ta prose, je croyais que tu avais une certaine sympathie pour lui.

— De la sympathie, non. Il m'intéressait par son complet manque de scrupules et son sang-froid. J'admirais son culot. En d'autres circonstances, il aurait pu être un instrument utile. Dans une révolution, un homme pareil, qui ne recule devant rien, courageux et sans préjugés, serait inappréciable.

— Moi, il ne m'inspirerait guère confiance.

— N'est-ce pas Danton qui disait qu'en temps de révolution, la lie de la société remonte à la surface ? On en a besoin pour certaines besognes et, ensuite, on s'en débarrasse.

— Tu m'as l'air d'avoir tout prévu, mon vieux, gouailla Charley.

Simon haussa ses épaules osseuses.

— J'ai étudié la Révolution française et la Commune. Les Russes aussi y ont beaucoup appris, mais nous avons, à présent, l'expérience des récents événements. En Hongrie, fiasco complet, mais ça n'a pas mal réussi en Russie, et aussi en Italie et en Allemagne.

» La démocratie est une chimère. Un idéal irréalisable que le propagandiste agite devant les masses, comme on agite une carotte devant un âne. Quelles balançoires, ces pompeuses fariboles du XIXe siècle : liberté, égalité, fraternité ! La liberté ? La masse n'a pas besoin de liberté et ne sait qu'en faire quand elle l'a. Son devoir et son plaisir est de servir. Ainsi, elle atteint à la sécurité, son aspiration la plus profonde. Depuis longtemps, il a été décidé que la seule liberté intéressante était celle d'accomplir son devoir et le devoir est tracé par l'autorité. Le devoir est un concept créé par l'opinion publique et prescrit par la loi, mais l'opinion publique est faite par ceux dont le point de vue s'appuie sur la force. Quant à la fraternité ? Qu'entends-tu par là ?

Charley réfléchit.

— Ma foi, je n'en sais rien. Le sentiment, je suppose, d'appartenir tous à une grande famille et que la vie est trop courte pour ne pas tâcher de s'entendre.

— C'est tout ?

— Et puis, la vie n'est pas facile et si l'on se montre compréhensif, tout le monde finit par y gagner. Les gens ont beaucoup de défauts, mais ils ont du bon. Ils gagnent à être connus. On peut donc espérer qu'ils seront pour nous comme nous serons pour eux.

— Mon pauvre gosse ! Tu es d'une sentimentalité ! D'abord, les gens ne gagnent pas du tout à être connus. Ah ! j'en ai appris long sur les hommes pendant mes deux ans de journalisme. Vaniteux, mesquins, sans scrupules, avares, faux. Je les hais.

Charley baissa les yeux. Ce qu'il avait à dire l'intimidait. Il en craignait le ridicule.

— N'as-tu pas pitié d'eux ?

— Pitié ? La pitié est bonne pour les femmes. C'est ce que le mendiant implore de vous parce qu'il manque du cran et de l'intelligence nécessaires pour mener une vie convenable. La flatterie dont le raté a tant besoin pour conserver ses illusions sur lui-même : ça aussi, c'est de la pitié. Tout comme le tribut payé par les riches aux malheureux pour pouvoir joüir sans remords de leur richesse.

Simon drapa rageusement sa robe de chambre autour de son corps maigre. Elle avait appartenu à Charley. Il allait la jeter quand Simon la lui avait demandée ; il avait ri et proposé de lui en donner une neuve, mais Simon, la trouvant assez bonne pour lui, avait insisté pour l'avoir. Lui en voulait-il, aujourd'hui, de ce cadeau humiliant ? Simon poursuivit.

— L'égalité est le plus grand des bobards. Comme si les hommes étaient égaux ou pouvaient l'être ! On parle de l'égalité des chances. Pourquoi existerait-elle quand les hommes ne peuvent pas en profiter ? Ils naissent inégaux. Leurs caractères, leurs vitalités, leurs cerveaux sont différents ; et ça, aucune égalité de chance ne peut le compenser. L'immense majorité est stupide. Elle ne sait pas ce qui est bon pour elle et n'est pas capable de l'obtenir. A quoi aboutit la démocratie ? Au pouvoir persuasif de slogans inventés par les politicaillons intéressés. Une démocratie est dirigée par des mots et, en général, l'orateur manque d'intelligence. S'il en a, il n'a pas le temps de l'employer, car toute son énergie doit être consacrée à enjôler ses imbéciles d'électeurs. Voilà un siècle que dure l'expérience de la démocratie. En théorie, elle a toujours été absurde et, à présent, nous savons que, pratiquement, elle a fait faillite.

— N'empêche que tu tâcheras d'entrer au Parlement. Tu n'es pas honnête, mon pauvre Simon.

— Dans un pays vieux jeu comme l'Angleterre, attaché à ses institutions, il serait impossible d'obtenir un pouvoir suffisant pour exécuter un plan hors du cadre de ces institutions. Je n'imagine pas qu'on puisse prendre de l'influence dans le pays et réunir assez de partisans pour faire un coup d'État sans être un membre éminent d'un grand parti de la Chambre des communes. Et, comme un soulèvement ne peut être effectué qu'au moyen du peuple, il faudrait être travailliste. Même quand les conditions sont mûres pour une révolution, les privilèges des classes possédantes demeurent suffisants pour qu'elles s'y cramponnent.

— A quelles conditions penses-tu ? Une guerre perdue et la misère économique ?

— Exactement. Même dans ce cas, les classes possédantes souffrent de façon relative. Mais le peuple crève de faim. Alors, il vous écoute quand on lui dit qu'il n'a rien à perdre que ses chaînes et, avec l'appât de la propriété d'autrui, la cupidité, l'envie ne connaissent plus de bornes. La populace, instrument des chefs révolutionnaires, n'obéit pas à la raison, mais à l'instinct. Elle subit la suggestion et, avec des grands mots, on l'exalte jusqu'au délire. C'est un bloc qui demeure indifférent quand la mort fauche ses rangs. Elle ignore la pitié et la miséricorde. Elle se complaît dans le carnage qui lui donne conscience de son pouvoir.

— Tu ne nieras pas que ça cause la mort de milliers d'innocents et la destruction d'institutions qu'il a fallu des siècles pour établir ?

— Une révolution comporte toujours des destructions et des morts. Tuer un homme ou une mouche devrait avoir la même importance.

— Je commence à comprendre ton intérêt pour Robert Berger...

— Il m'intéressait parce qu'il avait tué, non pour un motif méprisable, argent ou jalousie, mais pour se révéler et s'affirmer.

— Mais il reste à prouver que le communisme soit praticable.

— Le communisme ? C'est la chimère qu'on offre aux ouvriers pour les pousser à la révolte, comme le cri de liberté et d'égalité est le slogan qui les décide à oser. Il y a toujours eu des exploiteurs et des exploités. Il y en aura toujours. Et c'est naturel, car la plupart des hommes sont faits pour être esclaves. Ils ne savent pas se diriger et, pour leur bien, il leur faut des maîtres.

» D'ailleurs, un dictateur résolu à lancer des bombes et à sortir les automobiles blindées et les mitrailleuses peut réprimer n'importe quelle révolte. La bourgeoisie pourrait en faire autant et empêcher toute révolution, mais les événements ont prouvé qu'elle n'en a pas le culot. Elle tue cent hommes, mille peut-être, puis la peur la prend, elle se réfugie dans les compromis et les concessions. Mais l'heure des compromis et des concessions est déjà passée. La bourgeoisie est balayée. Le peuple acceptera un maître meilleur et plus sage que lui.

— Pourquoi serait-il meilleur et plus sage ?

— Parce qu'il est plus fort. Comme il a le pouvoir, ce qu'il dit juste est juste et ce qu'il dit bon est bon.

— C'est aussi simple que l'A B C, mais tout de même moins convaincant, dit Charley, assez légèrement.

Simon eut un regard noir.

— Tu trouveras ça assez convaincant quand ton pain et ta vie en dépendront.

— Et qui, s'il te plaît, doit choisir le maître ?

— Personne. Il est le produit inéluctable des circonstances.

— C'est tout de même un peu gros.

— L'instinct de commander le pousse au sommet. Il a la volonté du pouvoir. Il possède l'audace et l'enthousiasme, la capacité, l'activité et l'énergie. Il ne craint rien. Pour lui, le danger est le sel de la vie.

— Tu ne te mouches pas du pied, Simon, remarqua Charley en souriant.

— Pourquoi dis-tu ça ?

— Eh bien ! Tu t'imagines sans doute posséder toutes ces qualités-là.

Depuis un moment, Simon se promenait de long en large, mais il s'arrêta brusquement devant son ami. Avec son visage blême et mal rasé et sa tignasse en broussaille, sa robe de chambre serrée sur son corps maigre, il était grotesque. Mais, dans un passé très lointain, d'autres jeunes gens aussi pâles, aussi maigres, aussi dépenaillés, en costumes râpés ou en blouses d'étudiants avaient arpenté leurs chambres sordides en parlant de rêves qui paraissaient irréalisables. Le temps et l'occasion avaient fait de ces rêves une réalité et, une fois leur chemin vers le pouvoir frayé dans le sang, ils avaient tenu dans leurs mains des millions de vies.

— As-tu entendu parler de Dzerjinski ?

Charley lui jeta un regard surpris. C'était le nom mentionné par Lydia.

— Oui, de façon assez curieuse.

— C'était un gentleman. Sa famille possédait des terres en Pologne depuis le XVIIe siècle. Il était instruit et lettré. Lénine et la Vieille Garde ont fait la révolution, mais, sans Dzerjinski, elle aurait été écrasée en un an. Il a compris que, seule, la terreur la sauverait. Il a sollicité le poste qui donnait le contrôle de la police et a organisé la Tcheka. Il en a fait un instrument de répression, précis comme une machine. Ni amour ni haine ne le détournait de son devoir. Son activité était prodigieuse. Il passait ses nuits à interroger les suspects et il avait acquis une telle connaissance des cœurs qu'il était impossible de lui cacher un secret. Il a inventé le système des otages, un des plus efficaces pour maintenir l'ordre. Il a signé des centaines, non, des milliers d'arrêts de mort. Il vivait dans une simplicité spartiate. Sa force était de ne rien désirer pour lui. Son seul but était de servir la révolution. Et il est devenu l'homme le plus puissant de Russie. Les gens acclamaient et adoraient Lénine, mais c'était Dzerjinski qui les gouvernait.

— Et c'est ce rôle-là qui te tente si jamais la révolution gagne l'Angleterre ?

— Il me conviendrait tout à fait.

— Tu dis que Dzerjinski ne désirait rien pour lui-même. Mais toi, tu désires le pouvoir ?

— Seulement comme moyen.

— Pour quoi faire ?

Simon le regarda fixement, avec une lueur presque folle dans les yeux.

— Pour me réaliser. Pour satisfaire mon instinct créateur. Pour exercer les capacités que m'a données la nature.

Charley ne trouva rien à dire. Il regarda sa montre et se leva.

— Il faut que je parte.

— Je ne veux plus te revoir, Charley.

— Sois tranquille. Je pars demain.

— J'entends, jamais.

Charley fut suffoqué. Il chercha le regard de Simon. Il était sombre et menaçant.

— Pourquoi ?

— J'en ai assez de toi.

— C'est sérieux ?

— Tout à fait sérieux.

— Ne trouves-tu pas que c'est dommage ? Je n'ai pas été pour toi un mauvais ami.

Simon resta silencieux, à peu près le temps qu'il faut à un fruit mûr pour tomber de l'arbre.

— Tu es le seul ami que j'aie jamais eu.

Sa voix se brisa dans un chagrin si évident que Charley, ému, s'avança, les mains tendues.

— Simon, pourquoi te rends-tu si malheureux ?

Une flamme jaillit dans les yeux hagards de Simon et son poing serré frappa de toute sa force Charley au menton. Ce coup inattendu le fit chanceler et, ses pieds glissant sur le parquet, il tomba de tout son long. D'un bond, il se releva et, furieux, se jeta sur Simon, comme il l'avait fait souvent, à bout de patience. Debout, les mains derrière le dos, Simon semblait prêt à subir le châtiment, sans faire le moindre effort pour se défendre. Devant son expression de souffrance et de consternation, la colère de Charley tomba. Il s'arrêta. Son menton lui faisait mal, mais il eut un rire de bonne humeur.

— Tu es idiot, Simon, dit-il. Tu aurais pu me blesser.

— Au nom du ciel, fous le camp. Retourne avec ta putain. J'en ai marre de toi. Va-t'en ! Va-t'en !

— Bon, bon, je m'en vais. Mais je veux te donner le petit cadeau que je t'avais apporté pour ton anniversaire.

Il sortit de sa poche une de ces montres recouvertes de cuir qu'on ouvre en tirant des deux côtés et qui se remonte automatiquement.

— Il y a un anneau et tu pourras la suspendre à ta chaîne.

Il la posa sur la table. Simon ne voulut pas la regarder. Les yeux rieurs, Charley le considérait. Il attendit une phrase qui ne vint pas. Alors, il alla à la porte, l'ouvrit et sortit.

Il faisait nuit, mais le boulevard Montparnasse était brillamment éclairé. L'approche du Jour de l'An se sentait dans l'air. La foule se pressait dans les rues, et les cafés étaient encombrés. Tout le monde trouvait la vie belle. Mais Charley était abattu. Il se sentait mortifié, comme on pourrait l'être après une réunion dont on s'était réjoui et d'où l'on revient conscient d'avoir produit une mauvaise impression, par sa stupidité et son manque de tact. Ce fut pour lui un soulagement de retrouver sa banale chambre d'hôtel. Lydia cousait au coin du feu et l'air était alourdi par la fumée de ses nombreuses cigarettes. Un tableau agréable et familier. Il faisait penser à un intérieur de Vuillard, au charme intime, mais peint par Utrillo, car il révélait aussi une pauvreté touchante. Lydia l'accueillit avec son sourire calme.

— Comment était votre ami Simon ?

— Complètement dingo.

Il alluma sa pipe et se jeta dans un fauteuil devant le feu. La présence de Lydia le remontait. Il lui était reconnaissant de ne pas parler. Les horribles propos de Simon l'obsédaient. Il ne pouvait chasser l'image de cet être décharné, son visage blême envahi par une barbe de deux jours, mal nourri et surmené, marchant de long en large dans sa vieille robe de chambre et se libérant avec une cruauté implacable de ses idées saugrenues. Mais il y avait aussi le souvenir du petit garçon aux yeux sombres qui l'accompagnait au cirque pendant les vacances de Noël, tout excité de cette fête inattendue, le camarade des promenades à bicyclette et des longues marches à travers la campagne. Il pouvait être si gai et si drôle. Charley se rappelait tant de parties de rire, de farces imaginées par lui. Comment ce petit garçon-là avait-il pu devenir ce jeune homme, pitoyable à en pleurer ?

— Je me demande comment finira Simon, songea-t-il tout haut.

Il crut presque que Lydia avait lu ses pensées quand elle répondit :

— Je ne connais pas les Anglais. S'il était russe, je dirais qu'il deviendra un agitateur dangereux ou qu'il se tuera.

Charley étouffa un rire.

— Voyez-vous, nous autres Anglais, nous avons le chic pour jeter notre gourme sans perdre le nord. Nous le retrouverons peut-être un jour directeur du *Times*.

Il s'installa dans le seul fauteuil à peu près confortable. Pensif, il regardait Lydia pousser son aiguille. Il avait quelque chose à lui dire. Comme il partait le lendemain, il fallait profiter de l'occasion. Le soupçon semé par Simon dans son âme candide le tourmentait. Si elle s'était moquée de lui, autant le savoir. Alors, à leur séparation, il hausserait les épaules et, la conscience tranquille, il l'oublierait. Il décida d'en finir, mais, intimidé, il choisit une voie détournée.

— Vous ai-je jamais parlé de ma grand-tante Martha ? commença-t-il, d'un ton léger.

— Non.

— C'était le premier enfant de mon arrière-grand-père. Une vieille fille sèche, au museau quadrillé de rides. Elle était toute menue et maigre et semblait avoir avalé ses lèvres. Elle avait toute la grâce d'une porte de prison. Quand j'étais petit, elle me terrifiait. Elle avait une adoration pour la reine Alexandra et, à la fin de sa vie, elle se coiffait, ou plutôt sa perruque, comme la reine. Elle portait toujours des robes noires, très longues et très amples, avec une taille serrée et des cols jusqu'aux oreilles. Au cou, une grosse chaîne d'or d'où pendait une croix en or, et des bracelets d'or. Elle était d'une distinction réfrigérante. Elle continuait à vivre dans la grande maison bâtie par le vieux Sibert au début de son ascension et n'y avait rien changé. On se sentait revenu en 1870. Elle est morte, il y a quelques années, à un âge avancé et m'a laissé cinq cents livres.

— C'était gentil.

— Je les aurais volontiers gaspillées, mais mon père m'a conseillé de les garder. Il a dit qu'au moment de mon mariage, je serais bien content de les trouver pour meubler mon appartement. Mais je ne songe pas à me marier avant des années et je n'ai vraiment pas besoin de cet argent. Voulez-vous que je vous donne deux cents livres ?

Tout en cousant, Lydia avait écouté avec un intérêt poli cette histoire sans grand intérêt pour elle ; mais, à présent, elle piqua l'aiguille dans son ouvrage et releva la tête.

— Pourquoi, grands dieux !

— Ça vous serait peut-être utile.

— Je ne comprends pas. Qu'ai-je fait pour que vous me donniez deux cents livres ?

Charley hésita. Les grands yeux bleus, à fleur de tête, étaient rivés sur lui, comme pour essayer de lire dans son âme. Il se détourna.

— Vous pourriez beaucoup aider Robert.

Un sourire joua sur les lèvres de Lydia. Elle avait compris.

— Simon ne vous a-t-il pas dit, par hasard, que j'étais au Sérail pour gagner de l'argent et faire évader Robert ?

— Pourquoi croyez-vous ça ?

Elle eut un rire de mépris.

— Ce que vous êtes jeune, mon pauvre ami ! C'est ce qu'ils supposent tous. Pensez-vous que je prendrais la peine de les détromper ? D'ailleurs, si je leur disais la vérité, ils ne comprendraient pas. Je ne veux pas de votre argent ; je n'en ai pas besoin.

Sa voix s'adoucit.

— Mais c'est gentil de me l'offrir. Vous êtes un amour, mais un vrai bébé. Vous doutez-vous que ce que vous suggérez est un crime qui pourrait vous conduire en prison ?

— Oh !

— Vous ne m'avez pas crue, l'autre jour ?

— Je commence à trouver très difficile de savoir ce qu'il faut croire en ce monde. Après tout, je ne vous étais rien, vous n'aviez aucune raison de me dire la vérité si ça vous ennuyait. Et ces hommes, ce matin, et l'adresse qu'ils vous ont donnée pour y envoyer de l'argent ? Ne soyez pas étonnée si je tire mes conclusions.

— Je suis contente d'envoyer quelque chose à Robert pour ses cigarettes et ses extras. Mais je vous ai dit la vérité. Je ne veux pas qu'il s'évade. Il a péché et il doit souffrir.

— Ça me dégoûte que vous retourniez dans cet horrible endroit. A présent, je vous connais un peu. C'est affreux de vous savoir parmi ces gens-là.

— Mais, je vous l'ai dit : je dois expier. Faire à sa place ce qu'il n'a pas la force de faire lui-même.

— C'est fou. Ça n'a aucun sens. Je comprendrais encore, tout en vous trouvant tout à fait détraquée, si vous aviez foi en un Dieu cruel et vengeur, prêt à accepter votre souffrance, disons, en paiement partiel de la faute de Robert, mais vous ne croyez pas en Dieu.

— Les sentiments ne se discutent pas. En effet, ce n'est pas raisonnable, mais la raison n'a rien à faire là-dedans. Je ne crois pas au Dieu des chrétiens, qui a donné son fils pour sauver l'humanité. C'est un mythe. Mais pourquoi ce mythe aurait-il pris naissance s'il n'avait répondu à une intuition profonde de l'homme ? Je ne sais pas ce que je crois. C'est instinctif, et comment décrire un instinct avec des mots ? J'ai idée que la force qui nous mène, les hommes, les animaux et toutes choses, est une force implacable. Tout se paie.

Charley eut un geste découragé. Il avait l'impression de parler à quelqu'un dont il ne comprenait pas le langage.

— Combien de temps allez-vous rester au Sérail ?

— Je ne sais pas. Tant que je n'aurai pas payé ma part. Tant que je ne sentirai pas Robert libéré, non de sa prison, mais de son péché. A un moment, je faisais des adresses. Il y en avait des centaines et il semblait impossible d'en finir, on griffonnait, on griffonnait et pendant longtemps la pile ne paraissait pas baisser, puis tout à coup, au moment le plus imprévu, on arrivait à la dernière. C'était une sensation curieuse.

— Et alors, vous irez rejoindre Robert ?

— S'il veut de moi.

— Bien sûr qu'il voudra de vous.

Elle eut un regard d'une tristesse infinie.

— Je ne sais pas.

— Comment, vous en doutez ? Il vous aime. Songez à ce que votre amour doit représenter pour lui.

— Il m'aimait, oui, je le sais, mais il est incapable d'aimer très longtemps. Même si rien n'était arrivé, je n'aurais pas pu le tenir indéfiniment. Je l'ai toujours su. Et quand je pourrai partir, comment espérer qu'il restera quelque chose de cet amour ?

— Mais, au nom du ciel, à quoi rime alors la vie que vous menez ?

— C'est idiot, n'est-ce pas ? Il est égoïste et cruel, sans scrupules et vicieux. Ça m'est égal. Je ne le respecte pas, je n'ai pas confiance en lui, mais je l'aime ; je l'aime avec mon corps, mes pensées, mes sentiments, tout mon être.

Son ton devint railleur.

— Et, à présent, vous voyez bien que je suis une femme dégoûtante, tout à fait indigne de votre intérêt ou de votre sympathie.

Charley réfléchit un instant.

— Je vous l'avoue, ça me dépasse. Mais, malgré le pétrin où il est, je préférerais encore, je crois, être à sa place plutôt qu'à la vôtre.

— Pourquoi ?

— Parce que je ne connais rien de plus triste que d'aimer de toute son âme quelqu'un qui ne le mérite pas.

Lydia eut un regard songeur et assez étonné, mais elle ne répondit pas.

XI

Le train de Charley partait à midi. Lydia proposa de l'accompagner. Ils déjeunèrent tard et firent leurs bagages. Avant de descendre pour payer sa note, Charley compta son argent. Il lui en restait beaucoup.

— Voulez-vous me faire plaisir ? demanda-t-il.

— Comment ?

— Laissez-moi vous donner quelque chose pour l'imprévu.

— Je ne veux pas de votre argent, dit-elle en souriant. Si vous voulez, vous pouvez me donner mille francs pour Eugénie. Pour elle, ce sera un présent de Dieu.

— Entendu.

Ils passèrent d'abord rue du Château-d'Eau, où elle habitait, déposer sa valise chez le concierge. A la gare du Nord, Lydia alla sur le quai avec lui et il acheta de nombreux journaux anglais. Il trouva sa place dans le pullman. Lydia y monta avec lui et regarda autour d'elle.

— Savez-vous que je ne suis jamais entrée dans les premières ? dit-elle.

Cela donna un coup à Charley. Il eut la vision soudaine d'une vie, non seulement dénuée de luxe, mais de tout confort. A la pensée de l'existence sordide qui avait toujours été, et serait toujours, celle de Lydia, il éprouva une gêne pénible.

— En Angleterre, je prends des troisièmes, dit-il, pour s'excuser, mais mon père dit que, sur le continent, il faut voyager en gentleman.

— Ça épate les indigènes.

Charley se mit à rire et rougit.

— Vous avez le chic pour me donner le sentiment d'être ridicule.

Ils arpentèrent le quai, en recherchant, comme on fait dans ces occasions, quelque chose à dire. L'idée venait-elle à Lydia qu'ils ne se reverraient sans doute jamais ? Pendant cinq jours, ils avaient été presque inséparables et dans une heure, ce serait comme s'ils ne s'étaient pas rencontrés. Le train allait partir. Il tendit la main à Lydia. D'un geste qu'il avait trouvé touchant, elle croisa les bras sur sa poitrine, comme la nuit où elle avait pleuré en dormant, et releva la tête. A son étonnement, il vit des larmes dans ses yeux. Il l'enlaça et, pour la première fois, l'embrassa sur la bouche. Elle se dégagea et, se détournant, s'éloigna à la hâte. Charley entra dans son compartiment. Il était très ému. Mais un copieux déjeuner, avec une demi-bouteille d'un chablis quelconque, l'aida à reprendre son équilibre. Il alluma sa pipe et déplia le *Times*. Cela le calma. Le contact de ce papier épais lui paraissait hautement anglais. Il regarda les illustrés. Sa bonne humeur revenait.

En arrivant à Calais, il se sentait tout joyeux. A bord, il prit un whisky et se promena sur le pont en regardant avec satisfaction les vagues asservies si personnellement à l'Angleterre. C'était bon de revoir les falaises blanches de Douvres. En foulant le rude sol anglais, il eut un soupir de satisfaction, comme s'il l'eût quitté depuis des années.

Déjà les événements de son séjour à Paris s'estompaient, comme un cauchemar qui vous laisse tout secoué dans le sursaut du réveil, mais s'efface avec l'avance du jour, dans le seul souvenir d'un mauvais rêve. Viendrait-on le chercher à la gare ? Ce serait gentil de voir un visage familier sur le quai. Quand, à Victoria, il sortit du pullman, la première personne qu'il aperçut fut sa mère. Elle se jeta à son cou et l'embrassa comme s'il eût été absent depuis des mois.

— J'ai dit à ton père qu'il t'avait mis dans le train et que c'était moi qui viendrais te chercher. Patsy voulait venir aussi, mais je ne le lui ai pas permis. Je tenais à t'avoir à moi toute seule pendant quelques minutes.

Comme c'était bon d'être enveloppé dans cette affection sûre !

— Vous êtes folle, maman. C'est ridicule de risquer d'attraper la mort sur ce quai glacial.

Bras dessus, bras dessous, heureux, ils se dirigèrent vers la voiture. Ils partirent pour Porchester Close. Leslie entendit ouvrir la porte cochère et sortit dans le hall. Patsy dégringola les escaliers et se jeta dans les bras de Charley.

— Viens chez moi te taper un verre. Il y a du whisky et tu dois mourir de froid.

Charley chercha dans son pardessus les deux flacons de parfum, ses cadeaux pour sa mère et Patsy. C'était Lydia qui les avait choisis.

— La douane ne les a pas vus, annonça-t-il, triomphant.

— A présent, elles vont empester comme des femmes de mauvaise vie, plaisanta Leslie.

— Je vous ai apporté une cravate de chez Charvet, papa.

— Est-elle voyante ?

— Très.

— Tant mieux !

Ravis les uns des autres, ils éclatèrent de rire. Leslie versa le whisky et força sa femme à en prendre pour éviter le rhume.

— As-tu eu des aventures, Charley ? demanda Patsy.

— Aucune.

— Menteur !

— Eh bien ! tu nous raconteras ça plus tard, dit Mme Mason. A présent, va vite prendre ton bain et t'habiller pour dîner.

— C'est tout prêt, dit Patsy. J'ai mis dedans une demi-bouteille de sels.

Ils le traitaient comme s'il fût revenu du pôle Nord après des privations incroyables. Cela lui réchauffait le cœur.

— C'est bon de se retrouver à la maison ? demanda sa mère, les yeux tendres.

— Merveilleux.

Mais quand Leslie, à demi vêtu, entra chez sa femme pour bavarder pendant qu'elle se fardait, elle se tourna anxieusement vers lui.

— Ce qu'il est pâle, Leslie !

— Un peu fatigué. Je l'ai remarqué.

— Il a les traits tout tirés. Ça m'a frappée dès qu'il est sorti du pullman, mais, avant d'être ici, je ne pouvais pas bien voir. Il est pâle comme un mort.

— Dans un jour ou deux, il n'y paraîtra plus. Il a trop fait la fête. D'après sa tête, il a dû aider pas mal de jolies femmes à assurer leurs vieux jours.

Assise à sa coiffeuse, en kimono garni de fourrure blanche, Mme Mason fonçait avec soin ses sourcils. Le pinceau à la main, elle se retourna vivement.

— Qu'est-ce que tu racontes ? Tu ne veux pas dire qu'il a couché avec ces horribles étrangères ?

— Voyons, Venetia ! Pourquoi crois-tu qu'il a été à Paris ?

— Pour voir les tableaux et Simon et... aller aux Français. C'est encore un gamin.

— Ne dis pas de bêtises. Il a vingt-trois ans. T'imagines-tu qu'il est vierge ?

— Les hommes sont dégoûtants.

La voix de Venetia se brisa et, la voyant bouleversée, Leslie lui posa tendrement la main sur l'épaule.

— Chérie, tu ne voudrais pourtant pas que ton fils unique fût un eunuque ?

Mme Mason ne savait pas si elle devait rire ou pleurer.

— Pour dire vrai, je ne le crois pas, dit-elle en pouffant.

Ce fut avec une satisfaction singulière que Charley, une demi-heure plus tard, dans son smoking numéro deux, s'assit avec son père en veston de velours, sa mère en déshabillé de soie mauve et Patsy en mousseline rose virginale, à la table Chippendale. L'argenterie ancienne, les bougies voilées, les dessous d'assiette en dentelle, rapportés par Mme Mason de Florence, les cristaux taillés formaient un ensemble charmant, mais surtout très intime. Les tableaux des murs, chacun avec son éclairage particulier, avaient de la valeur ; et les deux femmes de chambre, dans leur correcte tenue brune, ajoutaient une note agréable. On se sentait en sécurité et loin du monde extérieur. La chère, bonne et simple, suffisait à satisfaire un solide appétit sans vous alourdir. Dans la cheminée, un feu électrique s'efforçait de ressembler à des bûches enflammées. Leslie regarda le menu.

— Je vois que nous avons tué le veau gras pour le retour de l'enfant prodigue, dit-il en lançant une œillade à sa femme.

— As-tu bien mangé à Paris, Charley ? demanda Mme Mason.

— Pas mal. Je n'allais pas dans les restaurants chic. Nous prenions nos repas dans les petites boîtes du Quartier latin.

— Qui, nous ?

Charley hésita et rougit.

— J'ai dîné avec Simon.

C'était exact. Sa réponse cachait la vérité sans être vraiment un mensonge. Mme Mason sentit le regard complice de son mari, mais elle n'y fit pas attention. Ses yeux pleins de tendresse restèrent fixés sur son fils, trop naïf pour se douter qu'ils cherchaient à pénétrer le secret de son âme.

— Et as-tu vu des tableaux ? demanda-t-elle avec bonté.

— J'ai été au Louvre. Les Chardin m'ont assez épaté.

— Vraiment? dit Leslie. Moi, ils ne m'ont jamais dit grand-chose. Je les ai toujours trouvés plutôt ennuyeux. — Ses yeux pétillèrent. — Entre nous, je préfère Charvet à Chardin. Au moins, il est moderne.

— Ton père est impossible, dit Mme Mason, en riant avec indulgence. Chardin était un artiste très consciencieux, un des petits maîtres du XVIIIe. Ce n'était pas un des grands.

A la vérité, ils avaient beaucoup plus envie de lui raconter leurs histoires que d'écouter les siennes. Le séjour chez cousin Wilfrid avait été une telle fête que, le soir du retour, ils avaient tous dû se coucher en sortant de table.

— Patsy a eu une demande en mariage, dit Leslie.

— Hein, qu'est-ce que tu en penses? s'écria Patsy. Par déveine, le pauvre type n'a que seize ans. Aussi je lui ai dit que, malgré ma dépravation, je n'en étais pas encore à prendre les enfants au berceau. Je lui ai mis un chaste baiser sur le front et j'ai promis d'être une sœur pour lui.

Elle continua à bavarder. Charley l'écoutait en souriant et Mme Mason en profita pour l'examiner à son aise. Vraiment il était joli garçon et la pâleur lui convenait. Comme il avait dû plaire à ces femmes de Paris! A cette idée, elle éprouvait un sentiment singulier. Les hommes recherchent, dit-on, le type de leur mère. On ne devait pas souvent trouver un amant pareil. Comment n'eût-elle pas été fière de lui? C'était son fils, la chair de sa chair. Le chéri! et il paraissait si fatigué.

D'étranges pensées assaillaient Mme Mason, des pensées impossibles à révéler. Elle se sentait triste, et un peu envieuse, oui, envieuse, des maîtresses de son fils. Mais, en même temps, flattée de le voir fort et beau. Leslie interrompit ses rêveries et les bavardages de Patsy.

— On lui dit le grand secret, Venetia ?

— Naturellement.

— Mais, attention, Charley, garde ça pour toi. C'est cousin Wilfrid qui a arrangé toute l'affaire. Le parti cherche un siège de tout repos pour un ancien gouverneur des Indes ; alors Wilfrid va lui passer le siège et, en échange, on lui donnera la pairie. Qu'est-ce que tu en dis ?

— Épatant.

— Il prétend qu'il n'y attache pas d'importance, mais, au fond, il est ravi. Et pour nous tous, c'est très agréable. Un lord dans une famille, ça vous pose. Et quand on pense d'où nous sortons...

— Ça va, Leslie, dit Mme Mason, avec un regard aux domestiques. Parlons d'autre chose.

Et, quand elles eurent quitté la pièce :

— Votre père a la manie d'étaler ses origines, mais le moment me paraît venu d'enterrer le passé. Avec les gens du monde, ce n'est pas très grave, ils vous passent volontiers un grand-père jardinier et une grand-mère cordon-bleu. Mais devant les domestiques ! Ça leur donne l'idée que nous ne sommes rien de plus qu'elles.

— Je n'en ai pas honte. Après tout, les plus grandes familles d'Angleterre ont commencé aussi humblement que nous. Et nous avons franchi l'étape en moins d'un siècle.

Mme Mason et Patsy se levèrent de table et Charley resta avec son père devant une bouteille de porto. Leslie lui raconta la discussion au sujet du titre que cousin Wilfrid devait prendre. Ce n'est pas aussi facile qu'on le pense de trouver un nom pas encore porté, vous convenant et sonnant bien.

— Je crois qu'il faut aller les rejoindre, dit-il, une fois le sujet épuisé. Ta mère doit avoir envie de faire un bridge avant de se coucher.

Mais à la porte, au moment de sortir, il posa la main sur l'épaule de son fils.

— Tu n'as pas très bonne mine, mon garçon. Tu as dû en faire une bombe à Paris ! Enfin, tu es jeune et c'est tout naturel. — Il se sentit soudain embarrassé. — Ça ne me regarde pas et il y a des sujets dont un père n'a pas à se mêler. Mais des accidents arrivent dans les meilleures familles et, hum ! voilà ce que je veux te dire : si tu t'aperçois que tout n'est pas en ordre, n'hésite pas à voir tout de suite un médecin. Le vieux Sinnery t'a mis au monde et tu peux parler librement avec lui. Il est la discrétion même et il te remettra d'aplomb en un rien de temps. La note sera réglée et on ne te posera aucune question. C'est tout ce que je voulais te dire. A présent, allons rejoindre ta pauvre mère.

En comprenant l'idée de son père, Charley était devenu cramoisi. Il ne trouva rien à répondre.

Au salon, Patsy terminait une valse de Chopin. Quand elle eut fini, sa mère demanda à Charley de jouer quelque chose.

— Tu n'as pas dû mettre les mains sur un clavier depuis ton départ.

— Un jour, j'ai joué un peu sur un piano d'hôtel, mais il était très mauvais.

Il s'assit et joua la pièce de Scriabine, dont Lydia avait désapprouvé l'interprétation.

— Tu joues ça autrement qu'avant, remarqua Leslie quand Charley se leva.

— Vraiment?

— Oui, le sentiment est tout différent. Tu y mets une sorte de frémissement qui vous empoigne.

— J'aimais mieux l'autre manière, Charley. Tu en fais quelque chose de morbide, dit Mme Mason.

Ils s'installèrent à la table de bridge.

— Enfin, on se retrouve, dit Leslie. Depuis ton départ, notre petit bridge familial nous a manqué.

Selon Leslie, au bridge, un homme révélait son caractère et, comme il se jugeait un bon type brillant et généreux, il surestimait sa main et contrait à la légère. Il considérait une impasse comme indigne d'un Anglais. Quant à Mme Mason, elle suivait religieusement les règles de Culbertson et comptait la moindre plus-value avant de se permettre une annonce. Elle ne courait jamais un risque. Par un caprice de la nature, Patsy était la seule dans cette famille à avoir le sens des cartes. Elle jouait avec audace et intelligence et semblait savoir par intuition comment les cartes étaient réparties. Elle ne cachait pas son dédain pour les méthodes de ses parents. A la table de jeu, elle dominait. La partie se passa exactement comme à l'ordinaire. Après une enchère imprudente, Leslie fut contré par sa fille, surcontré, et perdit triomphalement quatorze cents points; Mme Mason, avec une main pleine d'honneurs, négligea une demande impérative de *chelem*. Charley était distrait.

— Pourquoi ne m'as-tu pas renvoyé un carreau, idiot ? s'écria Patsy.

— Pourquoi t'aurais-je renvoyé un carreau ?

— Tu n'as pas vu que j'avais joué un neuf, puis un six ?

— Non, je n'ai pas vu.

— Dire que je suis condamnée à jouer toute ma vie avec des gens incapables de distinguer l'as de pique de la queue d'une vache !

— Ça ne fait qu'une levée de différence.

— Une levée ? Une levée ? Une levée peut faire toute la différence.

Personne ne prit cette algarade au sérieux. Ils se contentèrent de rire et elle finit par rire avec eux. Leslie additionna les points avec soin et les inscrivit dans un livre. Ils jouaient à un penny le cent, mais ils prétendaient jouer à une livre ; c'était plus excitant et cela faisait plus d'effet. Parfois, après avoir inscrit contre lui des sommes comme quinze cents livres, Leslie déclarait avec un sérieux affecté que, si ça continuait, il serait obligé de renoncer à sa voiture et d'aller à son bureau en omnibus.

La cloche sonna minuit et ils se séparèrent. Charley entra dans sa chambre chaude et confortable et commença à se déshabiller, mais il se sentit soudain très fatigué et se jeta dans un fauteuil. Il voulait fumer encore une pipe avant de se coucher. Des soirées comme celle-ci, il en avait passé d'innombrables et aucune ne lui avait paru plus plaisante, ni plus intime. Chaque détail était tout à fait ce qu'il eût souhaité, rien n'aurait pu mieux représenter la sécurité et la stabilité et pourtant, sans savoir pourquoi, il avait été tout le temps tracassé par l'idée d'assister à une comédie, un jeu de salon auquel des grandes personnes auraient pris part pour amuser les enfants. A cette heure, Lydia, les paupières bleuies et les bouts de seins touchés de rose, dans son pantalon à la turque et son turban bleu, devait danser au Sérail, ou être étendue, toute nue, mortifiée dans sa chair et cruellement heureuse de cette mortification, dans les bras d'un homme abhorré ; Simon, libéré du bureau, devait arpenter les rues presque désertes de la Rive gauche, en retournant dans son cerveau malade et torturé ses monstrueux projets ; Alexëi et Eugénie, que Charley n'avait jamais vus, mais dont Lydia lui avait tant parlé qu'il les aurait, croyait-il, reconnus dans la rue, Alexëi, ivre, devait pleurer des larmes hypocrites sur la dépravation de son fils, et Eugénie, cousant, encore et toujours, devait se lamenter sur la dureté de la vie ; les deux forçats libérés, leurs yeux hagards arrêtés, semblait-il, sur une vision d'horreur, devaient être assis, chacun devant son bock, dans le caveau enfumé et sombre et, perdus dans la foule, oublier un moment leur peur constante d'être filés ; Robert Berger, très loin, là-bas dans l'Amérique du Sud, en tenue rayée rose et blanche, la tête rasée sous l'affreux chapeau de paille, envoyé en course pour l'hôpital, devait contempler la vaste étendue de la mer et, pesant les chances d'évasion, songer un instant à Lydia avec un attendrissement passager — et ce cauchemar dont il s'était cru enfin délivré rendait, par sa réalité effrayante, tout le reste illusoire. C'était absurde, injustifié, mais tout cela semblait avoir une force, un sens obscur qui faisait ressembler sa vie à un jeu d'ombres chinoises, sa vie auprès de son père, de sa mère, de sa sœur, pourtant si près de son cœur, et celle du milieu comme il faut, aisé et monotone où le hasard lui avait réservé un coin douillet et chaud.

Patsy lui avait demandé s'il avait eu des aventures à Paris et, sans mentir, il avait répondu que non. C'était vrai qu'il n'avait rien fait. Combien il était loin de la vérité, son pauvre père, avec sa noce effrénée et sa crainte d'un coup de pied de Vénus ! Il n'avait même pas eu une femme. Une seule chose était arrivée, assez curieuse, quand on y pensait, et il ne savait trop comment la prendre : son univers s'était écroulé.

Dépôt légal : mars 1985